DELETE

Calcetines

A Isabel, Félix y Eduardo

Editorial Bambú es un sello
de Editorial Casals, S. A.

© 2012, Félix Jiménez Velando
© 2012, Editorial Casals, S.A.
Tel.: 902 107 007
www.editorialbambu.com
www.bambulector.com

Ilustraciones interiores y de la cubierta:
Marc Torrent
Diseño de la colección: Miquel Puig

Primera edición: septiembre de 2012
ISBN: 978-84-8343-200-6
Depósito legal: B-12977-2012
Printed in Spain
Impreso en Anzos, S. L.
Fuenlabrada (Madrid)

Calcetines
Félix Jiménez Velando

Ilustraciones de
Marc Torrent

bam bú

EDITORIAL

Dos hermanos muy peculiares

Hay muchos que dicen que Flix está un poco loco. Y sí, la verdad, podemos afirmar que sus gustos son diferentes a los de la mayoría. Por ejemplo, lo que más le gusta en esta vida es esconderse en la lavadora y esperar a que la pongan en marcha. Dentro de ella aguarda ansioso a que llegue el momento del centrifugado, cuando el cacharro comienza a acelerarse y el tambor da vueltas y vueltas, cada vez más rápidamente.

Entonces Flix se queda pegado a las paredes del tambor por la fuerza centrífuga, y grita y grita por lo bien que se lo está pasando. Flix no sabe qué es la fuerza centrífuga, porque no fue a clase el día en que la explicaron. Solo lo llevan al colegio un día o dos por semana, así que va aprendiéndose las cosas a trompicones. Sabe lo que es sumar, pero se le dan fatal las restas. Lo mismo le pasa con las multiplicaciones (puede hacer las menos complicadas), pero de divisiones anda mal, de modo que si hay que repartir algo entre varios, mejor que no se ocupe él de la operación, porque lo más probable es que termine quedándose con todo.

Su hermano Tol siempre se enfada con él. No le gusta que se cuele en la lavadora, que esté siempre haciendo rabiar a Arañazo –el gato de la casa–, que se vaya a jugar con el primero que pasa ni que se esconda en los armarios para intentar dar sustos a todo el mundo. Todos creen que Tol es un cobardica, pero él se defiende diciendo que tiene gustos más normales. Disfruta mucho cuando lo dejan colgando al sol durante horas. O cuando le pasan una plancha bien calentita por encima. Sí, ya, puede que eso no parezcan gustos normales, pero si se es un calcetín, como lo son Tol y Flix, no resulta tan extraño.

Pues sí, Tol tiene muchos motivos para enfadarse con su hermano. Por su culpa, más de una vez, cuando tendría que haber ido al cajón de la ropa limpia, lo han mandado al cajón de las cosas sin pareja porque Flix andaba de juerga y no aparecía por ningún lado. Y, por lo tanto, muchos días, cuando podía haber salido a la calle en los pies de Bruno, su dueño, se ha tenido que quedar aburrido esperando a que su hermano apareciera. No son grandes problemas, pero le fastidian. Lo que no sabe Tol es que eso no es nada comparado con lo que le va a ocurrir por las travesuras de su hermano.

Un nuevo hogar

Flix y Tol nacieron juntos dentro de la Gran Máquina en un país muy lejano. Cuando salieron de las entrañas de la máquina, una mujer los unió con un hilo, los metió en una bolsa de plástico e introdujo la bolsa en una caja. Y la caja fue a parar a un contenedor en el que había miles de calcetines como ellos. Luego llevaron el contenedor a un barco y en él navegaron durante un mes y medio, hasta que atracaron en el puerto de otro continente. Después llegó mucha gente con camiones y furgonetas, y se los fueron llevando a distintos lugares. A Flix y Tol los dejaron, junto a muchos calcetines como ellos, en una tienda en la que había ropas llegadas de todo el mundo. Allí, las otras prendas se burlaban de ellos porque tenían un precio muy bajo. Tal vez porque eran muy baratos, duraron poco en la tienda, a diferencia de otras prendas que sí, podrían ser muy caras y muy lujosas, pero llevaban semanas esperando y no había quien las comprara.

–Se os va a pasar la moda –les dijo Flix cuando se los llevaban-. La moda cambiará y aún seguirés aquí, y entonces, ¿qué sera de vosotras?

–Calla, anda –dijo Tol–, que se van a enfadar.

Pero a Flix le daba igual que se enfadaran y, la verdad, lo hicieron, porque lo peor que le puede suceder a una prenda es que se le pase la moda. Si, al menos, te han comprado y te han usado, tendrás cosas que recordar cuando ya no vistas a nadie y estés encerrada en un armario. Pero si lo único que has hecho ha sido estar en una tienda, sufriendo porque nadie te compra, ¿qué buenos recuerdos tendrás para la vejez?

Pero a Flix y a Tol eso ya no les inquietaba. Los acababan de comprar y su dueña los llevaba en una bolsa camino del que iba a ser su hogar.

Al llegar a la casa, su compradora los metió en el cajón de un armario. Allí, unos calzoncillos que decían llamarse Cien por cien algodón (¡vaya nombre!) les explicaron que esa mujer era Marta, la madre de Bruno, y que Bruno era el niño al que todos ellos pertenecían, aunque algunos, los más viejos del cajón, habían pertenecido antes a Pedro, el hermano de Bruno.

Bruno era un niño de diez años al que le gustaba algo llamado fútbol, pero para jugar a eso tenía unos calcetines largos muy gritones que se llamaban Medias. Alguien llamó a Medias y allí aparecieron; y sí, eran muy largas, como tres veces Flix, y de color blanco con una franja violeta.

–¿De qué equipo sois? –preguntó una de las Medias a Tol y a Flix, que tenían franjas de todos los colores: violeta, verde, amarillo, azul, rojo, naranja, rosa...

–¿Equipo? –preguntó extrañado Tol.

–Nunca he visto ningún equipo con tantos colores –dijo la otra media–. No puede ser un equipo serio.

Y, de pronto, se puso a gritar y a quejarse.

–¡Ay, ay, ahhhh!

–¿Qué... qué te pasa? –le preguntó sorprendido Flix.

–Alguien le ha dado una patada en la espinilla –explicó su compañera.

–Pero... si nadie te ha tocado –le indicó Tol.

–Bueno, ya, pero si cuela, cuela –respondió muy tranquila la Media que hasta ese momento había chillado como una loca.

–¿Por qué os llamáis Medias si sois tan grandes? ¿No deberíais llamaros «enteras» o algo así? –les preguntó Flix.

–Qué pregunta más tonta –dijo una de las Medias. Y se fueron, como enfadadas.

Cien por cien algodón les explicó que Medias eran un poco chulas y quejicas, pero que no había que hacerles caso. Y también les contó que Bruno no sudaba mucho, lo cual era muy importante si vas a ser su calcetín, porque si tu dueño suda mucho, te pasas el día empapado y no haces más que coger resfriados. Y lo que era todavía más importante: no le olían los pies. Y Flix y Tol estuvieron en el cajón conociendo a las demás prendas, hasta que a la mañana siguiente la madre de Bruno los sacó, cortó el hilo que los unía –lo que les dio un poco de pena– y se los entregó a su hijo para que se los pusiera. Flix y Tol se sintieron algo raros al verse separados. Ese hilo de plástico los había unido toda su vida. Pero más raros se sintieron cuando Bruno se los puso en sus pies. De pronto, se notaron hinchados. Y después les tocó meterse dentro de unas zapatillas que decían que eran de Estados Unidos, muy de marca, aunque Tol leyó en su etiqueta que, al igual que ellos, estaban fabricadas en China. Pero no quisieron decir nada a las zapatillas para que no se pusieran tristes. Tol y Flix habían comenzado a descubrir que las prendas se sentían más importantes si pensaban que venían de un sitio y no de otro, como si uno fuera mejor por nacer en un lugar determinado.

A Bruno pareció gustarle eso de tener calcetines de colores y, desde aquel día, Flix y Tol fueron sus calcetines favoritos, con sus nueve franjas de color y su puntera reforzada.

De este modo, siguieron vistiendo los pies de Bruno dos días por semana. Salían por la ciudad, oían sus ruidos, el andar de Bruno sobre el asfalto, sobre el césped del parque, sobre los pasillos del colegio. Corrían con él, saltaban, hablaban con zapatos o zapatillas, oían clases de Matemáticas, de Historia, películas, dibujos animados. E iban viendo desde los pies de Bruno un poco de mundo, por el hueco que les dejaban los pantalones. En casa llegaba lo mejor, cuando Bruno se quitaba las zapatillas e iba descalzo. Siempre juntos, como unos hermanos gemelos inseparables, salvo por las pequeñas escapadas de Flix a la lavadora que hacían enfadar a su hermano. Cuando eso pasaba, Flix regresaba cabizbajo –si es que un calcetín puede estar cabizbajo–, Tol lo perdonaba y todo seguía igual que siempre.

El día en que Flix desapareció

Así que el día en el que Marta los sacó de la lavadora para tenderlos y Tol vio que su hermano no estaba, creyó que, una vez más, se había escondido en el tambor para disfrutar de otro lavado, con su agua fría, su agua caliente, su espuma, sus burbujas y, por último, lo que más gustaba a Flix: el centrifugado. Y mientras estaba pensando en eso, llegó Andrés, el padre de Bruno, y lo tendió en el patio con el resto de la colada. No le sentó bien, pero, en fin, estaba acostumbrado a las desapariciones de su hermano.

–¿Has visto a Flix? –le preguntó a Pink, una camiseta muy presumida que decía que era de marca, aunque en el armario todos sabían que la habían comprado en un puesto de la calle y que era falsificada.

–Se habrá quedado en la lavadora, como siempre. Si sigue así, va a perder color, ya te lo digo. A partir de cierta edad una prenda tiene que cuidarse, tiene que cuidarse.

Y Pink siguió hablando, pero como era falsificada, Tol no la escuchó, pues creía que todo lo que decía la ropa falsificada era falso. Decidió preguntar a la pinza que lo sostenía en la cuerda, porque hay tantas por toda la casa, que se enteran de todo. Pero cuando la pinza abrió la boca para hablar, soltó a Tol, que cayó sobre el patio.

–Tonto, tonto... –se dijo a sí mismo–. ¿Cómo se te ocurre preguntarle a una pinza de la que estás colgando?

–Perdona –le dijo la pinza desde la cuerda–. Es que, a veces, se me va la pinza.

Y se rio de su chiste; al hacerlo, abrió mucho la boca, se soltó de la cuerda de tender y cayó también al suelo.

¡Recién lavado y ya en el suelo! Y, encima, por allí estaba Arañazo, el gato de la casa, al que todos temían porque su juguete favorito era una pelota hecha de calcetines y trapos viejos que el bicho mordía y en la que clavaba sus afiladas garras. Ese sería su destino si algún día el inconsciente de su hermano se perdía: terminar formando parte de la pelota de trapos de Arañazo.

Por fortuna, Andrés andaba por allí y lo tendió de nuevo. Decidió no hacer más preguntas a las pinzas, al menos mientras una de ellas lo sostuviera. Unas horas después, ya secos, los pasaron a la cocina, que era donde los planchaban. Cuando la cocina se quedó vacía, preguntó a una bayeta si sabía algo de Flix. Las bayetas siempre están húmedas y tristes, y a veces huelen mal, pero les gusta mucho ayudar.

—No sé nada. Tengo frío. La humedad se me está metiendo en las fibras. Iban a poner otra vez la lavadora, pero no han podido, porque parece que está rota. ¿Por qué a mí no me tienden al sol como a vosotros y siempre me están escurriendo?

—¿La lavadora está rota? –preguntó inquieto Tol.

—Sí, y yo estoy harta. Si fuera un estropajo, me pondrían detergente y frotaría... ¿A ti te gusta frotar?

Pero Tol no le respondió. En ese momento entraba la madre de Bruno a la cocina acompañada por un hombre que vestía un mono azul y llevaba un palillo en la boca. El hombre se detuvo ante la lavadora y la estuvo observando durante un rato, mientras hacía gestos negativos con la cabeza. Marta lo miraba preocupada.

—Está fatal esta lavadora, señora –dijo por fin.

—Pero si la compré hace tres años –se quejó Marta.

–Si es que hoy en día las cosas no las hacen para que duren. Mire, ¿ve este palillo? Antes me duraba todo un día en la boca. Pues ahora, cada hora tengo que cambiar de palillo. Y a esta lavadora hay que cambiarle el motor.

–¿Y cuánto me costaría repararla? –preguntó Marta.

–Pues yo calculooooooo...

Y el señor se quedó diciendo oes pensativo, mientras mordía con fuerza el palillo.

–Así, a ojo, doscientos euros –dijo finalmente.

–¿Doscientos euros? –repitió Marta, como si no hubiera oído bien, pese a estar al lado del hombre.

–Sí. Es que hay que cambiar el motor, la bomba y descalcificar... Y ya sabrá usted que un motor de lavadora es caro.

–No, no sé nada de motores de lavadoras –le aclaró Marta, algo enfadada.

–Pues yo creo que le conviene una nueva con sus dos años de garantía. Porque esto, señora, es pan para hoy y hambre para mañana.

Tol no entendía del todo lo que decía aquel hombre, ni qué tenía que ver el pan en todo ese asunto, pero sí que Marta parecía preocupada. Ella se quedó pensativa durante unos segundos, hasta que dijo:

–Sí, habrá que comprar una nueva lavadora.

—Si quiere, yo mismo me llevo esta y le quito un trasto de en medio.

Y Marta dijo que sí, que mejor que se la llevara. Tol miró asustado a uno y otro lado. Seguía sin ver a su hermano. ¿Y si aún estaba dentro de la lavadora?

Y sí, allí dentro estaba Flix, esperando a que metieran ropa sucia y comenzara otro divertido lavado. Al igual que su hermano, acababa de oír que se iban a llevar aquella lavadora de la casa. Flix comenzó a arrastrarse con rapidez hacia la claraboya de la lavadora, que no estaba cerrada del todo. Tenía que salir de allí antes de que se la llevaran. Le costaba avanzar porque estaba empapado, y una prenda mojada engorda de pronto tres veces su peso. Pero puso todas sus fuerzas en el intento. Centímetro a centímetro, Flix avanzaba, mientras Tol no dejaba de mirar la claraboya esperando a que su hermano apareciera. Un centímetro, otro, hasta que de pronto el hombre del mono, con un fuerte empujón, cerró la puerta de la lavadora. Y, al momento, Tol vio que Flix se pegaba al plástico transparente y miraba aterrado hacia el exterior.

¿Qué podía hacer Tol? Aunque llegara hasta la lavadora, nunca podría abrir su puerta. En ese momento, el hombre del mono azul regresó con una carretilla, montó en ella la lavadora y se la llevó con

Flix dentro, dejando en la cocina un hueco triste y sucio, como los que dejan las cosas que llevan mucho tiempo en el mismo sitio. A él la marcha de su hermano también le dejaba un hueco muy grande. ¿Qué iba a hacer ahora solo en la vida? Arañazo pasó junto a la mesa ronroneando. Tol ya se imaginaba lo que podría pasar con su vida de calcetín solitario.

Un calcetín sin esperanza

Poco después, Marta planchó toda la colada. Era uno de los momentos que más gustaba a Tol, pero aquel día resultó muy triste. Intentó contar a todas las demás prendas lo que le había pasado a su hermano, pero con el calor de la plancha andaban medio dormidas y no se enteraban de nada. Cuando Marta vio que Tol estaba sin pareja, no lo metió en el cajón de la cómoda en la que guardaba los calcetines y los calzoncillos de Bruno, sino en otro cajón más pequeño donde siempre lo colocaban cuando Flix no aparecía. Era el rincón de las cosas sin pareja, de los objetos solitarios, que esperaban allí hasta que volvían a encontrar a sus compañeros o hasta que los arrojaban a las garras de Arañazo o a la basura.

Allí estaba la manopla Lola, unas gafas a las que les faltaba una patilla, una raqueta de *ping-pong,* un yoyó sin su cuerda, un pendiente sin su compañero..., todas las cosas a las que les faltaba algo para poder ser útiles. Y Tol, a quien le faltaba su hermano.

Esa misma noche, cuando Bruno ya dormía, Tol salió del cajón pequeño de las cosas sin pareja y se fue al armario donde estaba casi toda la ropa del niño: sus tres gorros para el invierno, los cinco jerseys de colores y unos tirantes que casi nunca le ponían y que, agarrados a la barra de la que colgaban las perchas, jugaban con quien quisiera a hacer *puenting.*

–Tenemos que hablar –dijo Tol al entrar al armario.

Porque, aunque casi todo el mundo lo ignora, los calcetines hablan. Y las camisas, y los pantalones, y todas las prendas. ¿Nadie ha oído nunca ese ruidito que hace la ropa cuando andamos? ¿Ese frufrú, que apenas se oye, de los vaqueros al rozarse? ¿O ese débil sonido cuando nos atamos los cordones? ¿El ruido de un cinturón al deslizarse por las hebillas? ¿O esos sonidos de algunas zapatillas sobre el suelo? ¿Y los taconeos secos y severos de los zapatos altos? Mientras los humanos no oyen más que ruidos sin sentido, las prendas están hablando. Por ejemplo, tu pantalón le puede estar diciendo a tu camisa que has comido demasiado helado y que el botón está a punto de saltar. O las zapatillas pueden ir comentando que se han metido piedrecitas en la suela. O el cinturón puede decirle a la hebilla que no le gustan los pantalones de chándal, porque no necesitan sus servicios. Aquí tenéis unas cuantas frases del diccionario «castellano–ropa y zapatos / ropa y zapatos–castellano»:

–*Frusfrussss fris*: 'esa mancha no sale... Ya te lo digo yo'.

–*Shslsss, click:* 'este, cada día está más gordo'.

–*Shlsss, clock:* 'este está cada día más flaco'.

–*Lsslsll alll:* 'estos botones se llevan fatal con sus ojales'.

Cuando Tol entró esa noche en el armario, todas las prendas estaban muy alteradas. Estaban diciendo esto:

–¿Shsss, fristi frus? ¿Tsschss?

–Ahss, flis, nac, nac... svasss.

Pero mejor continuamos con la conversación traducida:

–Pero... ¿será una lavadora-secadora? –preguntaba Lía, la bufanda.

–Espero que no –dijo Yerta, la camisa de seda–. Yo necesito un secado natural. Y progresivo.

–Me han dicho que una vez, una camiseta de algodón encogió tanto con el calor de una secadora, que desapareció. Como lo oyes –contó Pink, la camiseta falsificada. Pero, como siempre, nadie la creyó.

Y así estaban todos en el armario, muy excitados, hablando de la compra de la nueva lavadora. Porque, para ellos, aquello era como si a unos niños les cambiaran de profesor a mitad de curso, o a un país de rey o de presidente de Gobierno. ¿Cómo sería esa lavadora? ¿Tendría un centrifugado suave para que las faldas de la abuela de Bruno no se marearan? ¿Sería de esas lavadoras ecológicas que lavan con poca agua y apenas mojan? ¿Haría más burbujas? –se preguntaban.

–Espero que sepa tratarme con la suavidad que me merezco –dijo Pink, la camiseta falsa, que, cuando comenzaba a hablar, no paraba.

–¿Suavidad? –se preguntó Lía, la bufanda–. Lo que tú te mereces es estar detenida por impostora. Falsa, más que falsa.

–¿Sabes lo que tú te mereces? Que te metan en la lavadora durante cuatro lavados seguidos. ¡Porque en todo el tiempo que llevo aquí, aún no he visto que te laven ni una vez!

–¡Soy una prenda delicada que se debe lavar a mano! ¡En mi etiqueta lo pone! *¡Hand wash!* –dijo Lía.

–¿Etiqueta? Pero si a ti te creó la abuela de Bruno –recordó el cinturón Ramiro, que antes había sido del hermano de Bruno y era de los más viejos del armario.

En ese ambiente, Tol intentaba hacerse escuchar. Y, la verdad, fácil, lo que se dice fácil, no resultaba. Por fortuna, junto a la ropa de hacer deporte de Bruno, había un silbato que le compraron cuando dijo que quería ser árbitro. Esa vocación le vino porque un día vio en la tele que los árbitros se llevaban el balón al terminar el partido. Pero, cuando quiso llevarse el balón del colegio y no lo dejaron, se le pasaron las ganas de ser árbitro. Y allí, en el armario, aburrido, estaba siempre Piiii, su silbato de árbitro.

–Piii, ¿puedes pitar para que se callen? –le pidió Tol.

–Piii no. Piiii, con cuatro íes –dijo Piiii.

–Vale, como tú quieras, pero pita, por favor.

Y Piiii, con cuatro ies, silbó con fuerza.

Todas las prendas se callaron al momento.

–¿Pero qué haces, Pii? ¿No ves que vas a despertar a Bruno? –le preguntó Lía.

–No me llamo Pii. Me llamo Piiii –dijo Piiii–. No es lo mismo.

–Yo le he pedido que pitara –intervino Tol–. Quiero que me escuchéis un momento. Mi hermano Flix estaba dentro de la lavadora vieja que se han llevado.

Unos murmullos de pena se extendieron por el armario.

–Vaya, vaya... Lo siento –dijo Lía, la bufanda–. Tengo que reconocer que hace tres modas, cuando conocí a Flix, no me caía muy bien. No solo porque tengáis tantos colores, sino porque su manera de ser no corresponde a lo que yo pienso que debe ser...

Tol, que ya sabía que todas las bufandas se enrollan mucho, no solo en los cuellos, sino también hablando, decidió interrumpirla. No tenían toda la noche.

–Gracias, Lía. Pero ahora, más que de hablar, ha llegado el momento de hacer algo. Tenemos que salir a rescatar a mi hermano.

Las prendas, perplejas, se miraron entre ellas. ¿Salir? ¿Dónde? ¿Fuera de la casa? ¿Qué le pasaba a Tol? ¿Se le había contagiado la locura de su hermano? Es cierto que las prendas se dan sus vueltecitas por la casa, sí. Pero de ahí a salir de allí, había un largo trecho y ninguna pensaba recorrerlo. A las sábanas, por ejemplo, les gustaba mucho pasearse por la noche. ¿No os habéis levantado alguna mañana con los pies al aire y las sábanas casi en el suelo? Hay quien cree que eso sucede porque nos movemos durmiendo. Pero no, en realidad es porque a las sábanas les gusta darse paseos nocturnos por la casa. ¿Qué son realmente los fantasmas? ¿Espíritus del más allá? No, qué va. Tan solo son sábanas aburridas que han salido a pasear por la noche.

Sí, a la ropa le gusta moverse, darse unas vueltas por la casa; por eso muchos días no encontráis un calcetín que creíais haber puesto debajo de la cama, o esa camiseta que tanto os gusta no está en el mismo armario en el que la habíais dejado. O, de pronto, a un calcetín miedoso le da por meterse en el fondo de la zapatilla y os deja medio pie desnudo. O también puede pasar que os hayáis puesto una camisa muy curiosa debajo de un jersey y que sus mangas decidan estirarse para asomarse por las mangas de este para ver qué pasa fuera. Pero, claro, una cosa es moverse un poco, darse un paseo tranquilamente dentro de la casa, y otra muy distinta salir al exterior sin vestir a un humano.

–A ver, Tol, todos sentimos mucho lo que le ha pasado a Flix, pero no podemos salir a la calle solos, sin ir vistiendo a ninguna persona –dijo Plumb, una camisa de los domingos de color gris, de marca y muy aburrida.

–Sí –añadió Lía–. Tendríamos que ir arrastrándonos por la ciudad y al momento nos vería algún humano, nos cogería y nos llevaría a su casa. O, lo que es peor, nos barrerían y nos tirarían a la basura.

–Pero no puedo dejar que Flix se quede encerrado en una lavadora vieja que van a tirar a la basura. Además, si él no aparece, yo terminaré en el ovillo de Arañazos.

Las otras prendas se quedaron calladas. Sí, eso sería lo que le pasaría a Tol y, aunque les daba pena, ¿qué podían hacer ellas?

–Tol, lo de salir de aquí es imposible. Y lo que es imposible, no puede ser –le dijo Plumb, que siempre decía cosas así.

Y Tol, triste, desanimado, se fue a su cajón de las cosas desparejadas.

El plan de Tol

Esa fue una noche muy triste para Tol. En el rincón de las cosas sin pareja pensó que nunca más volvería a ver a su hermano, que nunca más podría reñirle por ser tan cabeza loca, que nunca más los pondrían juntos en los pies de Bruno para ir un sábado por la mañana al parque de atracciones. La manopla Lola lo miró con preocupación. Comprendía perfectamente a Tol. Ella había perdido a su hermana hacía tiempo.

–Bueno, igual tenemos suerte y nos coge Eva para sus muñecas. Hace poco se llevó de este mismo cajón a un guante viejo que ya iban a mandar al ovillo de Arañazo –le dijo Lola intentando animarlo.

Y sí, era cierto. Eva, la hermana de Bruno, había rescatado alguna prenda del cajón de los desparejados para sus muñecas, pero le parecía difícil que eso le pasara a él. Y, además, aunque así fuera, su hermano seguiría perdido, quién sabía dónde, encerrado dentro de una lavadora vieja que tal vez destrozaran para transformar en chatarra.

–Gracias, Lola, pero no creo que yo sirva para ninguna de sus muñecas. Soy muy grande.

No, ese no podía ser su futuro. ¿Qué pintaba él en una de esas muñecas que siempre iban vestidas de rosa, que no se movían nada si Eva no se ponía a jugar con ellas? Solamente... la muñeca nueva que iba vestida de rojo podía caminar sola, con un andar lento y como de robot. Un andar... La muñeca... Parecía que se le estaba ocurriendo una idea, pero no acababa de llegar. Un andar... La muñeca. ¡Y, entonces, sí, la idea llegó! ¡Ya sabía cómo podían ir a buscar a Flix! Salió corriendo del cajón de las prendas sin pareja y se fue de nuevo al armario para hablar con toda la ropa de Bruno.

–¡Lo tengo, lo tengo! –dijo nada más llegar–. ¡Ya sé cómo podemos rescatar a mi hermano! Si nosotros mismos vestimos a la muñeca que anda, podremos ir hasta el lugar donde esté Flix y traerlo a casa.

Las prendas se miraron. Los calcetines siempre habían tenido fama de locos y, aunque Tol era más sensato que su hermano, parecía que tampoco estaba bien del todo.

–¿Vistiendo a una muñeca? Por favor, Tol, no digas tonterías. Yo soy de marca, no me voy a rebajar ahora a vestir a una estúpida muñeca –dijo Plumb.

–Pero la muñeca también es de marca. De una de las mejores –adujo Tol.

–Esa muñeca va a pilas, Tol. Si se le acaban, nos quedaremos en mitad de la ciudad, perdidos –dijo Lía.

–Pues llevaremos una mochila con pilas de repuesto.

–¿Nosotros por ahí solos? Imposible; a mí me querrían robar en cuanto vieran que soy de marca –dijo Pink, la camiseta falsificada.

–Además, aunque pudiéramos salir vistiendo a la muñeca, no sabemos dónde está Flix –añadió Plumb.

–¡No sabemos, no sabemos! –gritaron a la vez todos sus botones.

–¡Callaos de una vez! –les gritó Plumb, que siempre se estaba peleando con ellos.

Eso era verdad. Se habían llevado a Flix, pero, ¿dónde? La ciudad era muy grande; habría cientos de talleres de electrodomésticos y chatarrerías donde podría estar la lavadora.

–¡Rinri! ¡Rinri tiene que saber algo! –dijo Tol. Y se fue a buscarlo.

Rinri era un calcetín pequeñito –más pequeño aún que Tol– que la madre de Bruno usaba como funda de su teléfono móvil para que no se le rayara la pantalla. Sí, Rinri tenía que saber a qué técnico habían llamado cuando se estropeó la lavadora.

Tol se arrastró buscando a Rinri por toda la casa hasta que lo encontró dentro del bolso de Marta.

–Rinri –le dijo–. ¿Tú sabes a qué teléfono llamó la madre de Bruno cuando se le estropeó la lavadora?

–Saber, saber, eh... No, sí... ¡Ah! ¡No tenemos cobertura! ¡Sí, sí tenemos! ¡Ay, las vibraciones! ¿Qué querías? ¿Querías qué? Dime, dime, tengo cobertura, te oigo. Cobertura tengo, sí.

Hay que decir que a Rinri no le sentaba muy bien su trabajo. El móvil sonaba cada dos por tres y se llevaba un gran susto cada vez que eso sucedía. Además, el móvil también vibraba y las vibraciones aceleraban a Rinri, que se ponía muy nervioso y hablaba a toda pastilla, mezclando las palabras al tuntún. Entre las llamadas, los mensajes y que Marta a veces usaba el móvil como despertador, Rinri nunca dormía bien y siempre estaba cansado, nervioso e irritado.

–Que si sabes a qué mecánico llamó Marta esta mañana para que arreglaran la lavadora.

–Saber, sí, claro, puedo... ¿O no? ¿Tendremos cobertura mañana? ¡Ay, los números! ¿Tú tienes móvil?

¡Ay, los móviles! Prefiero tapar pies que móviles... Sí, bonitos pies con sus uñas... ¿Por qué yo no puedo estar en un pie, como vosotros?

–Pues no lo sé, Rinri. A lo mejor es porque eres un calcetín de bebé y ya no hay bebés en esta casa. Pero, ¿podrías decirme dónde llamó? –le pidió Tol.

–Buscaré, sí, registro de llamadas yo busco...

Y, de pronto, una luz surgió a través de Rinri, porque se había puesto a tocar los botones del móvil para encontrar el número al que habían llamado.

–¿Ves algo, Rinri?

–Sí, sí, veo números, ¡cuántos números! Prefiero los dedos a los números. ¿Y tú, Tol?

–Yo también. Si los dedos están limpios.

–Aquí números hay tantos a los que se llamó... Pero hay uno que no me suena... ¿Te lo digo?

–Sí, claro.

–¿Te lo digo?

–Que sí.

–¿Te lo digo?

–¡Te estoy diciendo que sí, Rinri!

–Perdón perdonado... Es que había perdido la señal. Pero la encuentro ya. ¡Encontrada! Memoriza.

Realmente, resultaba fatigador hablar con Rinri. Tol memorizó el número y, tras darle las gracias, se fue corriendo al armario.

–¡Que la cobertura sea contigo! –le deseó Rinri antes de que se fuera.

Tol entró en el armario gritando.

–¡Tengo el número! ¡Tengo el número del tipo que se llevó a Flix!

Pero allí estaba la aguafiestas de Plumb, la camisa gris.

–Sí, tienes un número. Pero, ¿qué vas a hacer? ¿Llamar y decir que te traigan a tu hermano? Sabes que los humanos no entienden nuestro lenguaje.

–¡No lo entienden! ¡No lo entienden! –gritaron a coro sus botones.

–¡Callaos de una vez! –ordenó Plumb.

–¡No te entendemos! ¡No te entendemos! –siguieron gritando los botones.

De pronto, toda la alegría de Tol se esfumó. Sí, ¿dónde podía ir con un simple número?

–No sabéis hacer nada, pero nada de nada –intervino Norma, la bata, que hasta entonces no había hablado.

Norma era una listilla, porque a ella sí la llevaban todos los días al colegio con Bruno, para que no se manchara la ropa cuando hacía manualidades o jugaba en el patio. A ellos no les caía bien, en especial a los jerseys y a las camisas, porque los tapaba y no les dejaba ver bien qué pasaba en la clase. Y porque siempre iba de sabelotodo.

–¿Y tú qué harías, lista? –le preguntó Tol.

–Tienes un teléfono, ¿no? Pues ahora hay que buscar en la guía telefónica todos los teléfonos de los mecánicos de lavadoras de la ciudad, hasta que aparezca el que tiene ese número. Y en la guía telefónica no solo hay teléfonos. ¡También aparecen las direcciones!

Sí, era verdad: Norma iba de sabelotodo. Pero es que lo sabía casi todo.

–Yo misma lo haré –dijo la bata y, para sorpresa de todos, se descolgó de su percha y se fue arrastrando a comparar el número de teléfono que había memorizado Tol con los de la guía.

–A ver, dime ese número, calcetín –pidió Norma.

Tol le dijo el número y se puso a su lado para verla trabajar. Norma era una bata muy laboriosa. Iba pasando páginas sin parar, comparando, mientras Tol la miraba extrañado, sin comprender por qué una bata tan seria se había puesto a ayudarlo. Y se lo preguntó.

–¿Por qué me estás ayudando, Norma? Tú siempre has sido un poco... bueno... esto... un poco...

–¿Estirada? Sí, quizá soy un poco estirada. Ten en cuenta que me planchan casi todos los días. Pero es que me hace mucha gracia Flix. Está un poco loco, sí, pero, en fin, no todo puede ser trabajar y trabajar.

Y siguió buscando en la guía hasta que se volvió hacia Tol para decirle:

–¡Aquí está! ¡Lo encontré! ¡Tenemos la dirección del mecánico!

–Calle del Pradillo, número 8.

–Ahora solo tienes que buscar un mapa y llegar hasta allí. Aunque creo que ir con la muñeca me parece una locura.

–Tal vez, pero, ¿se te ocurre algo mejor?

Norma, la bata, se quedó pensativa durante unos segundos.

–La verdad es que no.

–Pues entonces tendré que intentarlo así. Es mi hermano, no lo puedo abandonar.

–Ya... Las batas no tenemos hermanos. Pero te comprendo. Espera, te ayudaré a buscar la dirección en el mapa. Norma pasó páginas en la guía hasta que dio con un mapa de la ciudad y arrancó la hoja en la que aparecía la calle del Pradillo.

–¿Y esto está muy lejos, Norma?

–¡Ufff!, pues... como a unos treinta carretes de hilo de aquí.

Tol entró en el armario con el mapa en la mano.

–¡La tengo! ¡Tengo la dirección del hombre que se llevó la lavadora! ¡Vamos, rápido, tenemos que salir antes de que se haga de día y la calle se llene de humanos! ¡Venga, debemos quitar la ropa a la muñeca que camina y vestirla!

Y salió corriendo del armario. Solo cuando avanzó unos metros y se giró, se dio cuenta de que nadie lo había seguido y de que las prendas lo miraban desde el interior del armario sin moverse.

–¿Qué pasa? ¿No pensáis acompañarme?

Pero nadie contestó a sus preguntas.

–¡Está bien! ¡Si no queréis venir, iré yo solo!

Y se fue decidido hacia el cuarto de los juguetes.

Vistiendo a la muñeca

Allí estaban todas las muñecas de Eva: grandotas, pequeñitas, delgadas..., pero con grandes cabezas y ojos inmensos. Y la muñeca que andaba, toda vestida de rojo, hasta con una capucha roja en la cabeza. Tol se acercó a ella y comenzó a quitarle la ropa. Una chaquetita protestó:

–¿Qué haces, calcetín loco?

–Me llevo a la muñeca –respondió Tol.

–¿A la muñeca? –protestaron sus zapatitos rojos–. ¡La muñeca es nuestra, no puedes llevártela!

–Tengo que hacerlo –dijo Tol–. La necesito para salvar a mi hermano, que está fuera de la casa.

–¿Fuera de la casa nuestra muñeca? ¿Con un calcetín loco? ¡Estás soñando! ¡Nunca iremos fuera sin los humanos!

Entonces Tol encontró lo que había estado buscando: el botón que ponía en marcha a la muñeca que andaba.

–¿Y cómo lo vais a impedir?

Pulsó el botón y la muñeca comenzó a moverse. Andaba como un robot, sí, pero andaba. Y entonces, toda su ropita, asustada, comenzó a desabotonarse. Como por arte de magia, en unos segundos, del vestuario de la muñeca solo quedaban unos zapatitos rojos y sus calcetines.

–¡No queremos irnos! ¡No queremos irnos! –gritaban los zapatitos.

–¡De eso, nada! ¡Nos vamos! –exclamaron sus cordones–. ¡Una aventura, una aventura! ¡Hemos estado deseando toda la vida una aventura!

–¡Desataos, desataos de una vez! –pedían los zapatitos a los cordones.

Pero los cordones no hicieron caso, y mientras Tol se enrollaba en el cuello de la muñeca como si fuera una corta bufanda multicolor, entraron con ella en la habitación de Bruno. Cuando llegaron frente al armario, Tol gritó:

–¡Me voy! Si no vuelvo, hasta siempre.

Sí, había llegado el momento de la verdad. Iba a protagonizar la más intrépida aventura que un calcetín había vivido nunca. Pero el pobre Tol olvidaba que la muñeca solo caminaba en línea recta: en lugar de girar e ir hacia la calle, segundos después estaba chocando contra el armario una y otra vez, sin poder hacer nada para cambiar su rumbo. Las prendas comenzaron a asomarse para ver el espectáculo, que por un lado era divertido, pero, por otro, algo triste, porque Tol quería salvar a su hermano y, de momento, lo único que había conseguido era hacer el ridículo.

–Tol, detén a esa muñeca de una vez –le ordenó seria Norma, la bata.

Y Tol le hizo caso y pulsó el botón de parar.

–Bien, mucho mejor. A ver, Tol, te vas a hacer algo muy difícil. Y va a ser aún más difícil si no te preparas muy bien. ¿Cómo vas a doblar una esquina si esa muñeca solo se mueve en línea recta? ¿Cómo vas a salir a la calle con una muñeca desnuda que solo lleva zapatitos rojos?

–¡Nosotros no queremos ir! –protestaron los zapatitos con su voz de pito.

–Pero si nadie quiere acompañarme, tendré que ir solo. No puedo quedarme aquí de hilos cruzados –dijo Tol.

–Bueno, a una misión suicida seguro que nadie te quiere acompañar. Pero si lo planificas todo mejor, tal vez alguien se atreva.

Y la bata miró hacia el armario. Allí nadie parecía atreverse a nada y todos esquivaron su mirada. Pero Norma continuó hablando con decisión:

—A ver, en primer lugar necesitas llevar pilas de repuesto, porque con las que lleva la muñeca dudo que puedas llegar muy lejos. En segundo lugar, tienes que ponerle más ropa; así, con una muñeca desnuda, no puedes salir a la calle. Debe parecer que la muñeca es un humano o al momento la cogerá algún niño. En tercer lugar, ¿cómo pensabas abrir la puerta de la calle, Tol? Te recuerdo que está cerrada con llave.

—Eh... yo... Pues no había caído...

—Pues hay que caer, hay que caer. Y, por último, ¿cómo vas a hacer que la muñeca gire y no se mueva siempre en línea recta?

Tol no se encogió de hombros porque los calcetines no tienen hombros, pero, de haberlos tenido, seguro que lo habría hecho.

—No lo sé, Norma. Yo solo sé que quiero salvar a mi hermano —dijo Tol muy triste.

—Pues hay que encontrar alguna forma de que esta muñeca gire —dijo Norma.

Tol se puso a intentarlo. Probó a estirar de una y otra pierna de la muñeca, según quisiera torcer a la izquierda o a la derecha, pero se enredaba entre sus pies, o ella lo pisaba y caía al suelo, y tenía que pedir ayuda para levantarla. Cuando ya estaba desanimado tras varios intentos fallidos, Tol recordó una frase que había oído al padre de Bruno una vez: «El dinero dirige el mundo».

No sabía si era cierto que dirigía el mundo, pero iba a intentar que dirigiera a una muñeca. Tol se subió al tarro en el que Marta guardaba las monedas pequeñas y se tragó un buen montón. Se hizo un nudo en la boca y de este modo, gordo como una serpiente pitón que acaba de tragarse algo demasiado grande, subió como pudo al cuello de la muñeca.

–Ponla en marcha –ordenó al cinturón Ramiro, que había bajado a ayudarlo.

La muñeca se puso a caminar, los cordones a gritar de alegría y los zapatitos a protestar. Tol echó todo su peso a un lado del cuello de la muñeca y esta comenzó a girar hacia allá; después probó con el otro lado y pasó lo mismo.

–¡Genial! –exclamó contenta Norma, la bata.

Y Tol se sorprendió, porque era la primera vez que la veía sonreír.

Aquello ya parecía una misión elaborada. Pero la muñeca seguía desnuda y no podían lanzarse así a la calle. Norma parecía muy decepcionada con sus compañeros. Se colocó frente a ellos, que seguían observando desde el armario.

–¡A ver, vosotros! ¿No vais a ayudar a vuestro compañero? ¿Pensáis dejar solo en esto a vuestro vecino de armario, con el que tantas veces habéis compartido a Bruno? ¿No hay en vosotros ni una fibra de algodón o un pelo acrílico de solidaridad? ¿Eh?

–¿Por qué no te vas tú con él, Norma? –preguntó Yerta, la camisa de seda.

–Porque soy muy grande e iría arrastrando todo el tiempo. Pero alguno de vosotros sí que podría servir para vestir a esta muñeca y ayudar a Tol.

Las palabras de Norma no sirvieron de mucho. Allí nadie se movía. Tol, subido al cuello de la muñeca, estaba abatido y Norma no sabía qué hacer ni qué decir para consolarlo. ¿En todo un armario repleto de ropa no había ni una sola prenda que quisiera echarle una mano? Entonces llegó Rinri arrastrándose.

–¡Yo ayudar sí quiero! ¡Sí, sí, harto estoy del teléfono! Ya no soy más funda, no. No quiero llamadas, no. Aventuras quiero yo.

Norma y Tol miraron a Rinri. Sí, era una pequeña ayuda, pero eso no solucionaba el problema.

–Gracias, Rinri –dijo Tol.

–Yo te acompañaría, Tol, de verdad. Pero con mi tamaño, más que ayudar, te entorpecería. Estaría todo el tiempo arrastrando por el suelo y nos caeríamos –le dijo Norma.

–Sí, lo sé, Norma; gracias de todas formas.

Y Tol, desolado, se fue arrastrando hacia su cajón cuando, en la parte superior del armario, muy cerca del techo, se abrió una puerta.

–Nosotros sí queremos ayudar –se oyó una vocecilla débil, como de niño muy pequeño.

Norma, Tol, Rinri y Ramiro el cinturón miraron hacia arriba. No se veía nada.

–¿Quiénes sois vosotros? –preguntó Tol.

–¿Nosotros? Ropa de bebé. Llevamos aquí dentro ocho años. Desde que Bruno creció.

¡Ropa de bebé! ¿Cómo no habían pensado en ella? Tal vez porque creían que la madre de Bruno, que siempre decía que no iba a tener más niños, la habría regalado a otras madres que la necesitaran. Pero no, los humanos llenan y llenan armarios de cosas que nunca van a volver a usar, pero de las que son incapaces de deshacerse, y allí habían estado las pobres prendas, años y años encerradas, sin ver la luz del sol, sin sentir la piel de un humano ni las burbujas de una lavadora, sin ser útiles a nadie. Y ahora había llegado su oportunidad.

–¡Bajad y veremos si le quedáis bien a la muñeca! –las animó Tol.

–¿Y cómo bajamos? Esto está altísimo –dijo otra vocecilla.

–Pues saltando –contestó Tol.

Oyeron a las vocecillas hablando frenéticas entre ellas, aunque no alcanzaban a entender lo que decían. Entre el suelo y aquel compartimento del armario había casi tres metros de altura y aquello, tal vez, era demasiado para las prendas de bebé. Al fin y al cabo, la ropa de bebé es ropa inexperta, que solo ha vivido unos meses en el mundo exterior, porque los bebés crecen con mucha rapidez, pronto se les queda pequeño todo y hay que comprar una talla más grande. Es ropa que nunca ha sabido lo que es ir a toda velocidad en la bici de un niño, o por un tobogán, y cuya mayor aventura es que la hayan vomitado unas papillas. Así que eso de saltar desde casi tres metros les podía parecer una misión muy arriesgada.

–¿Saltáis? –preguntó Tol, que quería salir cuanto antes a la búsqueda de su hermano.

–Eh... bueno, saltar, saltar, no, pero ahora vamos...

Y de pronto asomó una chaquetita verde, que comenzó a descolgarse porque estaba atada a un gorro, que se sujetaba a unos pantalones liados a una camisa, que a su vez estaba atada a unos tirantes que se enganchaban con sus pinzas a un tirador de la puerta del armario.

–¡Suelta ya! –gritaron los pantalones a los tirantes.

–¡Sí, claro! ¡Tú estás muy cerca del suelo, pero nosotros seguimos estando arriba del todo! –contestaron los tirantes.

–Entonces, ¿nos vamos a quedar todo el día aquí colgados? –preguntó la camisa.

–Por favor, soltaos de una vez –pidió la chaquetita.

–No quiero –dijo uno de los tirantes.

–Me duelen todas las fibras y los elásticos –le dijo el otro–. Yo me suelto.

–¡No te sueltes! –le pidió su compañero.

Pero ya era demasiado tarde. El tirante se soltó y todo el peso quedó colgando del otro, que se estiró aún más, de forma que la chaquetita verde ya llegaba al suelo, así que se dejó caer y, tras ella, los pantalones. Entonces, al tener menos peso, el tirante se encogió hacia arriba, y los tirantes y la camisa salieron volando, aterrizando en mitad de la habitación.

–¿Veis? No ha pasado nada –dijo la chaquetita a los tirantes.

Pero los tirantes, tras el vuelo, todavía no podían articular palabra de lo asustados que estaban.

Tol, Norma y Rinri se acercaron con curiosidad a la ropita.

–Hola –dijo Tol–. Yo soy Tol, el calcetín que ha perdido a su hermano.

–Hola –contestó la chaquetita verde–. Yo soy Hierba; estos son los pantalones Nelos; este es el gorro Moco; esta es la camisa Alberta; y aquellos que tiemblan son los tirantes Parafín y Parafún.

Tol miró a los tirantes. Sí, estaban temblando. No sabía si esa ropa tan inexperta sería una buena compañía para la aventura que los esperaba. Pero tampoco tenía dónde elegir.

–Sabéis qué es lo que pretendo hacer, ¿verdad? Os tengo que decir la verdad: es una misión arriesgada.

–Nunca lo será tanto como lo que acaba de pasarnos –dijo, con la voz aún vacilante, Parafín, uno de los tirantes–: volar, hemos volado.

–Además, cualquier cosa será mejor que continuar años y años encerrados en ese armario, sin que ningún niño nos vuelva a vestir –añadió Moco, el gorro.

–Está bien –dijo Tol–. Ahora no tendréis que vestir a un niño, sino a una muñeca.

La ropa le quedaba bien a la muñeca, que era casi tan grande como un niño de año y medio. Es cierto que cada prenda era de un color y de un estilo, pero tanta diferencia parecía pensada a propósito, para crear un estilo propio.

–Bien –dijo Norma, mirando satisfecha a la muñeca vestida–. Ahora hay que buscar pilas de repuesto y algo donde llevarlas.

–Uno de los muñecos de Bruno tiene una mochilita que podría servir para llevar las pilas –indicó Tol.

–¡Y yo sé dónde guarda la mamá de Bruno las pilas! –dijo Ramiro, el cinturón.

–¡Yo sé dónde hay un sacacorchos! –gritó Rinri.

Todos lo miraron extrañados.

–¿Para qué queremos nosotros un sacacorchos, Rinri? –preguntó Tol.

–Pues no lo sé. Pero yo sé dónde está, lo sé, se lo...

–Muy bien, Rinri. ¿Por qué no intentas dormir un poco y relajarte? Te hace mucha falta –le aconsejó Norma.

Primero fueron a buscar las pilas. Después, la mochilita de un muñeco de acción de Bruno. Era un muñeco forzudo, con muchos músculos y ropa de camuflaje. La mochila se llamaba A sus órdenes, aunque todo el mundo la conocía como Asus. Era muy seria, pese a haber pertenecido a un juguete; pero en cuanto le dijeron que se iban de aventura, aceptó acompañarlos. Le metieron dentro pilas de repuesto y una cuerda –porque, según Norma, una cuerda nunca está de más–, y la mochila les pidió que cogieran también una brújula de juguete que tenía Bruno. Y aunque la brújula siempre marcaba el norte, porque la aguja estaba pintada, eso hicieron.

Un paseo por el costurero

–**Estaría bien llevar** también aguja e hilo. Nunca se sabe qué puede pasar –dijo Asus, la mochila.

Al mencionar las agujas, las prendas, muy excitadas y parlanchinas con la idea de la misión, de pronto callaron. Todas sentían hacia el costurero y lo que había dentro de él una mezcla de respeto y miedo. Sí, una aguja bien usada podía arreglar cualquier roto, zurcir un agujero... y conseguir que una prenda durara años y años. Pero a la ropa no la operaban con anestesia, como a los humanos, y sentir el frío acero de la aguja penetrando en las fibras, no era agradable.

Aun así, Tol sabía que Asus tenía razón, y se asomó al costurero semiabierto. En él descansaban hilos de todos los colores, unas tijeras afiladas, un metro de costurera, brillantes agujas de distintos tamaños, varios dedales... Cuando se asomó, una aguja y un dedal estaban en plena discusión.

–¡Te digo que no fue a propósito! –decía la aguja.

–¡Siempre dices lo mismo! ¡Pero cada vez que nos cogen para coser, acabas pinchándome! –se oía al dedal.

–¿Y qué más te da? Si eres de hierro, no te puede doler –le indicó la aguja.

–Es molesto. Y más, saber que lo haces aposta.

–No es culpa mía. Si en esta casa supieran coser bien, yo no pincharía a nadie.

–Ya, ahora, échale la culpa a otros.

Tol carraspeó para hacerse notar:

–Ejem, ejem...

Todos los habitantes del costurero lo miraron.

–Hola –saludó Tol–. Esto... querría preguntaros si a alguno de vosotros le gustaría venir a una excursión. Solo necesito una aguja y un poco de hilo.

–¡Que te zurzan! –dijo una aguja muy larga.

–¡Yo lo zurzo! –pidió otra.

–¡No, me pido zurcirlo yo! –gritó una tercera.

–¡A mí! ¡Usadme a mí para zurcirlo! –pidió un hilo–. Soy azul y él lleva azul.

Y todos empezaron a pelearse para ver quién zurcía a Tol, aunque Tol no había dicho que quería que lo zurcieran. Así estuvieron hasta que llegó Norma, la bata.

–¡Basta! ¡Ahora comprendo por qué cada vez usan más en esta casa la máquina de coser! ¡Siempre estáis peleando!

Y en el costurero se hizo el silencio.

–Este calcetín ha perdido a su hermano y busca a alguien que lo acompañe al mundo exterior para encontrarlo –explicó Norma.

Un suspiro de asombro surgió de todos los habitantes del costurero.

–¿Al mundo exterior? –preguntó asombrada una aguja.

–Yo voy mucho por allí. Cada vez que me afilan, voy –dijeron, chasqueando, las tijeras–. Oh, sí, yo sé muy bien lo que es eso.

–Cada vez que te afilan, te quitan un poco de tu cuerpo; cada vez eres más pequeña y, al final, desaparecerás –le dijo el metro, que sabía mucho de medidas–. Así, mirándote, creo que eres unos milímetros más pequeña que el año pasado.

–¡Tú cállate, metro estúpido, si no quieres que te deje en medio metro! –exclamaron las tijeras, chasqueando amenazadoramente.

De nuevo comenzaron a discutir y Norma tuvo que poner orden otra vez.

–¡Silencio! ¿No sabéis mantener una conversación sin terminar discutiendo?

–Yo iría –dijo una aguja–. Pero, ¿quién me enhebra?

–¡Uff! Enhebrarte a ti está difícil, con el tremble-que que tienes siempre –dijo un hilo violeta.

–¡Yo no tiemblo! ¡Son las manos de los humanos las que tiemblan!

Y otra vez se organizó una algarabía. Tol miraba aquel costurero tan loco sin dar crédito a lo que contemplaba. Tras lograr calmarlos, Norma y Tol eligieron entre todos los que querían ayudarlos a una aguja, Estíbaliz, y a un carrete de hilo negro, Yago, que decía ser muy resistente y pegar con todo.

–Cuidado con pincharme –los avisó la mochila Asus antes de que entraran en ella.

Después metieron también la hoja del mapa de la ciudad. Asus cerró su cremallera y se subió a las espaldas de la muñeca, mientras la chaquetita Hierba decía que le hacía cosquillas. La muñeca estaba preparada para salir a la calle.

¡Hacia el mundo exterior!

Pero salir a la calle no era fácil. Ellos solos no podían abrir la puerta principal ni la que daba al jardín que había en la cocina. Por el día, Bruno la abría para salir a jugar al patio. También la abrían sus padres cuando tendían la ropa o cuando hacían una barbacoa. Pero era muy arriesgado salir afuera en pleno día. Tenían que buscar el momento menos arriesgado. Y ese momento era la noche. Pero, por la noche, todas las puertas estaban cerradas. Tras pensar durante un buen rato, decidieron que su única opción era salir al amanecer, cuando el padre de Bruno se levantaba. Lo hacía muy temprano, a las seis y media, para sacar al perro de la casa, Zarrapastro, a la calle. Perro y dueño salían por la puerta de atrás y, como no se alejaban mucho, la dejaban abierta. Ese era el momento de escapar. Aún no había amanecido y por aquel barrio casi todo el mundo se desplazaba en coche, así que la muñeca podría avanzar sin tropezarse con nadie en la calle. Si le daban a la velocidad 2, llegarían al taller en una hora, todavía muy temprano. Una vez allí, quedaría mucho por hacer: buscar la vieja lavadora, abrir la puerta si todavía estaba cerrada, rezar para que Flix siguiera por allí... Sí, era un plan arriesgado, pero era el único que tenían.

Así que esperaron durante unas horas hasta que llegó el momento en el que había que prepararse para salir de la casa. Tol, cargado de monedas, se subió con esfuerzo al cuello de la muñeca.

–¡Accionad el interruptor!

La camisa Alberta y la chaqueta Hierba, haciendo fuerza juntas, movieron uno de los brazos de la muñeca, con lo que dieron al botón que la ponía en marcha, que estaba en un costado, junto a la cintura. La muñeca se empezó a mover.

–¡Vamos! ¡Vamos! ¡A la aventura! –gritaban los cordones.

–¡No queremos ir a ninguna aventura, no queremos! –replicaban los zapatitos.

–¡Sí! ¡Sí! ¡Aventura! ¡Quiero, queremos, sí, aventura! –repetía Rinri, que se había colocado en una de las manos de la muñeca como si fuera una manopla y estaba más nervioso que nunca en su vida, y eso, la verdad, era estar muy nervioso.

Tol, desde el cuello, moviendo su cuerpo repleto de monedas de un hombro a otro de la muñeca, la dirigió desde la habitación donde dormía Bruno a la puerta de la cocina. Una vez allí, se escondieron tras el cubo de la basura, donde el padre de Bruno no podría verlos al sacar a pasear a Zarrapastro. Era el momento de esperar; así, nerviosos ante la aventura que se avecinaba, cada uno con sus miedos e ilusiones, aguardaron.

Salir o no salir

A las seis y media oyeron, lejano, el sonido de un despertador. Al momento notaron que Zarrapastro se despertaba y comenzaba a dar botes de alegría mientras el padre de Bruno intentaba hacerlo callar. Poco después, ambos llegaban a la cocina: el perro, loco de contento, y Andrés, medio dormido. Andrés abrió la puerta trasera de la casa y salieron al patio.

–¡Ahora! –gritó Tol–. ¡Muñeca en marcha!

Y de nuevo pusieron en movimiento a la muñeca, que llegó ante la puerta de la cocina que daba al patio. Pero, aunque Andrés no había cerrado la puerta con llave, la muñeca no podía abrirla y no hacía más que mover las piernas frente a ella, chocando una y otra vez.

–¡Velocidad 3! –pidió Tol.

–¡Ya estamos en la velocidad 3! –replicó Hierba.

Y, para empeorar aún más las cosas, la mochila abrió un poco su cremallera para poder hablar y gritó:

—¡Gato muy felino en dirección noroeste a ciento ochenta grados!

Y sí, allí estaba Arañazo, mirando a la muñeca sin comprender qué estaba pasando. Pero Arañazo no necesitaba comprender las cosas para actuar, y se acercó dispuesto a saltar sobre aquella muñeca que, a aquellas horas y sin ningún niño que jugara con ella, se movía.

—¡Alarma! ¡Alarma! ¡El gato se aproxima! —avisó Asus.

—¡Ah! ¡La aproximación se engata! —gritó Rinri histérico.

—¡Parad! ¡Parad la muñeca! —pidió Tol.

Pero antes de que Hierba y Alberta pudieran detenerla, Arañazo tomó carrerilla y saltó sobre ellos, a la vez que Tol echaba todo su peso al lado izquierdo y la muñeca giraba, apartándose de la puerta. El animal se golpeó con fuerza contra la puerta y, por un momento, esta quedó abierta y el patio, a la vista. Pero la hoja de la puerta, tras el golpetazo de Arañazo, volvía a cerrarse. Tol, rápidamente, antes de que el gato se recuperara del golpe, hizo girar de nuevo a la muñeca y, cuando la puerta ya se cerraba, salieron al patio.

—¡Gato gatado! —gritó contento Rinri.

–¡Estamos fuera! ¡Estamos fuera! –exclamaron los cordones sin acabar de creérselo.

–¡Ahhhh! –gritaban los zapatitos, aún con el susto en la suela.

–Gato desaparecido del campo de visión. No se observan otros peligros –comunicó Asus.

Y avanzaron hasta la verja del patio. Allí había otra puerta antes de llegar a la calle, pero esa sí se había quedado entreabierta, con un hueco suficiente para pasar.

–Velocidad 1 –pidió Tol.

Y redujeron la marcha.

–*Stop* –dijo cuando llegaron a la calle.

Y allí, a pie de calle, se detuvieron para observar. A unos treinta metros a la izquierda se veía al padre de Bruno junto a Zarrapastro, que olisqueaba una farola para comprobar si era meable. Y sí, lo era, porque al momento el perro estaba dejando su huella. No había nadie más en la calle. Tenían que alejarse de allí antes de que el padre de Bruno y Zarrapastro regresaran.

–¡Velocidad 2! –pidió Tol.

Y girando a la derecha a toda velocidad, una pequeña muñeca vestida con prendas de todos los colores, entre ellas, un calcetín repleto de monedas en el cuello, se alejó de la casa en la que había pasado casi toda su vida.

Las primeras aventuras

Caminaban pegados a la pared intentando pasar desapercibidos. Aún no se veía gente por las calles, pero comenzaba a amanecer y algunos coches ya circulaban por la calzada. Tenían que recorrer tres kilómetros, mucha distancia cuando se va subido en una muñeca. En los primeros metros todo fue bien. Las estrellas iban desapareciendo con la llegada de la luz del amanecer y el cielo estaba despejado. Al menos, la lluvia no sería un problema. Avanzaron por la acera unos metros. Todos estaban como un niño que acaba de aprender a andar y encuentra un universo nuevo por descubrir, un universo repleto de peligros, pero también de diversión, y avanzaban decididos... Hasta los zapatitos habían dejado de quejarse. Era la primera vez que iban por donde ellos querían, no por donde decidía un humano.

Y así continuaron, felices, nerviosos, sintiéndose los aventureros más intrépidos del mundo. Hasta que apareció el primer obstáculo, el primer gran reto del mundo exterior: un bordillo. Nada importante para un ser humano, pero casi una montaña cuando el medio de transporte es una muñeca cuyos pies apenas se pueden levantar del suelo. ¿Cómo podían bajar el bordillo sin que la muñeca se cayera? ¿Y qué harían si se caía? ¿Serían capaces de levantarla del suelo? Lo que no podían hacer era quedarse allí en medio, parados, pensando, porque cada vez había más coches por la calle y pronto se cruzarían con las primeras personas.

–¿Qué hacemos? –preguntó Alberta, la camisa.

–No veo nada, porque estoy de espaldas, pero aquí, en la retaguardia, esperamos órdenes del capitán –respondió Asus.

–No soy capitán. Y no sé qué hacer –señaló Tol.

–¿No eres capitán? –le preguntó asombrado la mochila.

–No, no lo soy.

–Volvamos a casa –pidieron los zapatitos–. Es lo mejor que podemos hacer.

–¡Ni locos! –gritaron los cordones.

–Si ya estáis locos –les replicaron los zapatos.

–¡Ni cuerdos, entonces! –dijeron–. ¡Todo recto! ¡En marcha!

Alberta y Hierba hicieron caso a los cordones y pusieron en marcha la muñeca. Todos se abalanzaron sobre el precipicio de treinta centímetros del bordillo.

–¡Ahhhh! –gritaron al ver que caían.

Pero Tol echó su peso hacia atrás para que la muñeca no cayera de frente contra el suelo y consiguió mantenerla en equilibrio. Cuando todos se hubieron calmado, Tol tomó la palabra.

–Esto..., cordones, estas decisiones de saltar bordillos, mejor las tomamos entre todos tranquilamente, ¿vale? Porque hemos estado a punto de pegárnosla.

–Eh... sí, sí... Es que nos hemos liado un poco. Nos pasa mucho a los cordones.

Tras aclarar las cosas, cruzaron la calle y, si antes habían encontrado un bordillo que bajar, ahora se encontraban otro que subir.

–Y ahora, ¿qué? –preguntó Parafín, uno de los tirantes.

–¡No veo nada! –gritó la mochila–. ¡Que alguien me cuente qué está pasando!

–¡Queremos irnos! ¡No nos gusta caminar por asfalto! ¡Rasca! –se quejaron los zapatitos.

–¡Camión a noventa grados a la derecha! –gritó la mochila.

Todos miraron. Por su derecha avanzaba un camión de limpieza, de los que van regando las calles.

–¡A toda marcha! ¡A toda marcha! ¡Tenemos que encontrar una rampa! ¡Si la muñeca se moja, todo estará perdido, se le estropeará el motor! –gritó Tol.

Y la muñeca, pegada al bordillo, pero sin poder subir a la acera, inició su carrera, intentando escapar del camión, que no dejaba de acercarse.

–¡El enemigo se aproxima! ¡Caven trincheras! ¡Cuerpo a tierra! ¡Fuego de artillería! –exclamaba la mochila, que parecía haberse vuelto loca.

–¡Rápido! ¡Rápido! –pedía Tol.

Hasta ese día, en todas las carreras de la historia de la humanidad entre una muñeca y un camión, había salido perdiendo la muñeca. Y esta vez iba a ser muy difícil que no sucediera lo mismo. Primero, Tol notó unas gotas que lo salpicaban. Después, las gotas ya eran un chorro de agua; por último, un chorro muy fuerte levantó del suelo a la muñeca y todos volaron hasta chocar contra la pared de una casa. Allí se quedó la muñeca, mojada, quieta, apoyada contra la pared. El camión se alejó calle abajo.

–¿Estáis todos bien? –preguntó Tol.

–Yo estoy sufriendo una inundación –respondió la mochila.

–¿Y las pilas? ¿Se han mojado las pilas? –preguntó alarmada Hierba.

Por toda respuesta, la mochila abrió su cremallera. Un buen chorro de agua cayó al suelo.

Se oyó la débil voz de la aguja Estíbaliz:

–Yo me he mojado un poco, pero no pasa nada, soy de acero inoxidable. Lo malo es que se me ha llenado el ojo de agua y no veo nada.

–No te preocupes, ya se secará –la consoló Tol.

–Si el envoltorio ha aguantado, habrán aguantado las pilas –afirmó la mochila–. Si no... solo podremos llegar hasta donde nos lleven las pilas que llevamos puestas ahora mismo.

–¿Y el motor? ¿Por qué no nos movemos? –preguntó asustado a Tol.

–¡No lo sabemos! –gritaron los zapatitos.

–A vosotros nadie os ha preguntado nada –dijo Moco, el gorro–. Ahí abajo no os enteráis de nada.

–¡Estamos hasta el gorro del gorro! –gritaron los zapatitos.

–Por favor, estamos empapados, con la muñeca parada y en medio de una calle que pronto se llenará de gente. No quiero discusiones –ordenó Tol–. Tenemos que ver qué le ha pasado a la muñeca. Puede tratarse de varias cosas: el motor mojado, las pilas que se han movido y que no hacen conexión, la transmisión que se ha salido...

–Ejem... –carraspeó Hierba.

–¿Sí?

–Esto, que... bueno... Lo que pasa es que con el vuelo y el golpe contra la pared, el interruptor está puesto en o.

Todos se quedaron callados.

–Ah..., ya. ¿Y sabemos si funciona?

–No. Habrá que probar –dijo Hierba; pero en su voz se notaba el miedo que tenía a que la muñeca ya no se moviera al intentar ponerla en marcha.

–Pues cuanto antes sepamos si la muñeca funciona, mejor. ¡Arranca! –ordenó Tol.

–De acuerdo. ¡Muñeca en marcha! –indicó Hierba.

Y la muñeca, pese al agua que le había caído, se puso a caminar y todas las prendas gritaron de alegría. La aventura continuaba.

¡Perseguidos!

Cada vez había más coches en la calle y el sol ya asomaba por encima de las casas. La muñeca avanzaba todo lo rápidamente que podía, que no era demasiado. Se encontraron con varios bordillos que bajar y subir, pero también con rampas para minusválidos gracias a las cuales pudieron superarlos. Avanzaban hacia el objetivo; según la mochila, que consultaba el mapa a cada poco, solo faltaban veinte carretes de hilo, o dos kilómetros. Pero el mapa estaba muy mojado y no se fiaban mucho de lo que decía la mochila, que desde que se había inundado de agua, estaba un poco trastornada.

Y siguieron caminando hasta llegar a una calle con una cuesta abajo muy pronunciada. Tol mandó detener a la muñeca.

–Bien, preparaos, porque aquí vamos a tomar mucha velocidad y será difícil frenar si surge algún problema. ¿Todo el mundo está bien sujeto?

–Nosotros estamos atados –respondieron los cordones.

–Hasta el último botón, abrochado –afirmó la camisa.

–Tirantes tensos –dijo Parafín.

–Tensos tirantes –añadió Parafún.

–Bien. Pues allá vamos. Bajaremos a velocidad 1 para intentar controlar esto. ¡En marcha!

Y la muñeca enfiló hacia la larga pendiente. Al principio, todo iba bien: la muñeca caminaba velozmente, más que nunca, pero sin problemas. Tol, repleto de monedas, hacía fuerza hacia atrás para que la muñeca no se inclinara demasiado hacia delante y cayera de frente. La mochila gritaba: ¡«Velocidad hipergaláctica!» o «¡rápidos cual luz!», pero no le hacían mucho caso. Hasta que no se secara, nadie esperaba que volviera a pensar adecuadamente. Continuaron avanzando y, aunque la velocidad aumentaba, mantenían el equilibrio. Entonces oyeron a la mochila gritar algo nuevo:

–¡Alarma! ¡Niños aproximándose a babor!

Pero, como estaba medio tonta, no le prestaron atención. Hasta que la voz de un niño llegó con claridad hasta ellos.

–¿Qué es eso? –se oyó.

–Parece un enano, ¿no? –contestó otro niño.

–Pues yo creo que es un muñeco –oyeron decir.

–¡Vamos a por él! –propuso otro.

–¡Se acercan! ¡Se acercan! –gritó histérica la mochila.

Tol se giró. Sí, la mochila Asus estaba en lo cierto: unos metros más allá, unos niños se acercaban corriendo.

–¡Velocidad 3! –pidió Tol asustado.

–¡Pero a velocidad 3 y con esta cuesta, nos caeremos! –replicó Hierba.

–¡O nos arriesgamos o nos cogen los niños!

Y metieron la tercera velocidad. La muñeca, que ya iba acelerada, se apresuró calle abajo mientras los niños corrían tras ella.

–¡La distancia se mantiene, la distancia se mantiene! –gritaba Asus, la mochila–. Pero... ¡Oh, no!

–¿Qué pasa? ¿Qué pasa? –preguntaron Nelos, los pantalones.

–¡Piedras! ¡Nos van a tirar piedras! –respondió Asus.

Y así fue, varios proyectiles pasaron silbando a su lado, aunque sin conseguir impactar. Los niños se pusieron a correr tras la muñeca, pero como cargaban con sus mochilas no iban muy rápido. Las piedras casi les rozaban pero la muñeca caminaba a toda pastilla, a una velocidad que nunca antes una muñeca había alcanzado sobre la faz de la Tierra. Se alejaban, sí, parecía que iban a poder escapar. Pero de pronto, un niño sacó un pequeño monopatín de su mochila y se subió en él.

–¡A por ella! –dijo, lanzándose calle abajo.

–¡Niño con objeto rodante se aproxima! –gritó la mochila.

El niño se agachó para mantener mejor el equilibrio mientras observaba fijamente a su objetivo: aquella muñeca que iba sola por las calles de la ciudad.

–¡Velocidad 3! –gritó a la desesperada Tol.

–¡Ya estamos en velocidad 3! –le contestó Hierba.

El niño del monopatín se acercaba y ya estaba a tan solo unos metros. Estiró su brazo, dispuesto a agarrar la muñeca sin frenar.

–¡Niño encima de nosotros! –gritó el monopatín.

Entonces, la aguja Estíbaliz asomó entre la cremallera abierta de la mochila.

–¡Vamos a dar su merecido a ese niño! ¡Yago, sostenme con fuerza! –le dijo al carrete de hilo al que estaba enhebrada.

–¡Te aguantaré con todas mis fibras! –dijo Yago.

Y cuando el niño, con su mano abierta, iba a coger la muñeca desde el monopatín, Estíbaliz se lanzó contra él. El niño sintió un pinchazo y retiró su mano un instante. Pero comprobó que no tenía nada serio y continuó su persecución. Mientras, Estíbaliz había caído al suelo y era arrastrada por la muñeca.

–¡Yago! ¡Enróllate! ¡Enróllate! –gritaba.

Y Yago, que siempre fue un hilo muy enrollado, se enrolló. El niño iba a por ellos de nuevo y estaba otra vez allí. Y ahora Estíbaliz no podía hacer nada para impedirlo porque iba por el suelo, atada a Yago, golpeándose contra el asfalto.

Entonces Tol decidió jugar su última baza. Deshizo un poco el nudo que se había hecho a sí mismo para que no se salieran las monedas que le servían de contrapeso y dejó que unas cuantas cayeran en el asfalto justo cuando el niño se preparaba para agarrar definitivamente la muñeca. En ese momento, las ruedas delanteras del monopatín pasaron sobre las monedas. El monopatín resbaló un poco y se fue hacia un lado, los adelantó, se fue hacia el otro lado de la acera, golpeó contra el bordillo y el niño cayó al suelo. Pasaron junto a él, quien, tirado en el suelo, se quejaba por el golpe que se acababa de dar.

El niño, pese al dolor, se quedó mirando con una mezcla de asombro y curiosidad a la muñeca solitaria y aventurera que pasaba a su lado. Por detrás llegaban corriendo el resto de los niños, que se detuvieron para ayudar a su amigo y para recoger las monedas que estaban tiradas por el suelo. Tol y el resto de las prendas respiraron aliviados. Parecía que se escapaban.

Una inesperada salvadora

Llegaron al final de la calle inclinada y torcieron a la derecha.

–Velocidad 1 –pidió Tol.

–¿Solo 1? –preguntó Hierba–. Los niños pueden seguirnos, tenemos que alejarnos todo lo que podamos.

–Ahora ya estamos en llano. Si vienen, nunca podremos ganarles; la única opción que tenemos es escondernos por los huecos que hay entre los coches aparcados.

Y así, despacito, pegados a los coches, siguieron su camino, con Asus vigilando por si aparecían los niños.

Habían superado muchos bordillos, a un camión que los había empapado, las calles más inclina-

das, la persecución de unos niños con monopatín... Caminaban decididos hacia el taller donde podría estar Flix y se sentían valientes, llenos de moral, capaces de sortear los obstáculos más difíciles. Pero entonces, comenzaron a oír de nuevo los gritos de los niños, que, tras socorrer a su amigo caído, continuaban la persecución de la muñeca.

–¡Allí, allí! ¡Metámonos tras ese coche! –indicó Tol, para escapar de lo que se les avecinaba por detrás.

Si a su espalda estaban los niños, por delante, a solo unos metros, apareció otro obstáculo. ¿Cómo describirla? Vestía ropas de todos los colores; en eso se parecía a la muñeca. Llevaba un gorro multicolor coronado por unas plumas, cómo no, también de colores. La bufanda era verde y, aunque no hacía mucho frío, llevaba guantes y cada guante tenía un dedo de un color. No llovía, pero del enorme bolso que llevaba al hombro asomaba un paraguas. Adornaban su cuello unos veinte collares, y cada cuenta de cada collar era de un color determinado. Sus gafas eran naranjas, y tenían gruesos cristales. Lo único que no era de color en aquella anciana era su largo pelo gris.

–¿Qué es esto? ¿Te has perdido, niñita? –preguntó, mirando con curiosidad a la muñeca.

Las prendas no sabían qué hacer. ¿Se detenían o continuaban su camino? ¿Qué pasaría cuando esa mujer, algo cegata, se diese cuenta de que no se trataba de una niñita, sino de una muñeca? ¿La secuestraría para llevársela a alguna nieta? Y, mientras, los niños ya estaban casi encima. Todo eran dudas y la abuelita no dejaba de mirar a la muñeca como con pena.

–Pobrecita niña. ¿Dónde están tus papás?

Y entonces, surgió la sorpresa. De la muñeca salió una voz, una voz fina y tierna, como de bebé que sabe hablar.

–Tengo sed –dijo la muñeca.

–¡Ay, pobrecita, tiene sed! –dijo apenada la mujer–. Ven, yo te llevo donde te den agua.

Y la cogió de la mano justo cuando llegaban los niños.

–¡Eh, vieja! ¡Esa muñeca es nuestra! –dijo enfadado el niño que se había caído al suelo.

La anciana se giró sonriendo.

–Para empezar, creo que esas no son maneras, niñito. Además, esta niña es una muñeca, sí, preciosa, pero dudo mucho que sea vuestra.

Los niños se miraron durante unos segundos sin saber qué hacer. De pronto, sin hablar entre ellos, como hienas que van a atacar a un animal más débil, comenzaron a rodear a la anciana y a la muñeca.

–Nuestro amigo se ha caído por culpa de esa muñeca. La queremos –dijo el mayor de ellos con tono amenazador.

Y alargó su mano para arrebatársela, aunque la mano no pudo terminar su recorrido, porque, con una velocidad increíble para su edad, la abuelilla sacó el paraguas de su bolso y le dio un paraguazo en la mano. El niño se echó hacia atrás asustado.

–Eso no ha sido nada comparado con lo que te pasará si vuelves a intentarlo, niño maleducado. ¿Alguno más quiere probar? –preguntó mientras iba señalando con su paraguas a los otros niños.

Y, al tiempo que dibujaba una circunferencia a su alrededor, el paraguas se abrió de repente, de modo que parecía más una gran sombrilla de playa –cómo no, multicolor– que un paraguas. Los niños retrocedieron desconcertados.

–Vámonos; esta vieja está loca –dijo uno.

–Sí –lo apoyaron los otros.

Y con rabia en las miradas, se alejaron.

–No pasa nada, amiguita –dijo la anciana.

–Tengo pis –dijo la muñeca, que hablaba cada vez que alguien lo hacía cerca de ella.

–¿Pis también? Bueno, buscaremos un sitio donde bebas y hagas pis. Luego iremos al encuentro de tus papás.

Y la cogió de la mano.

–¿Nos vamos? –preguntó la anciana.

–Mi mamá me ama –dijo la muñeca.

–Me alegro mucho –dijo la anciana–. A mí, la mía también me amaba mucho.

Y, desde el cuello de la muñeca, Tol gritó:

–¡Motor en marcha! –y se fueron andando con una mano cogida por la anciana de los mil colores. ¿Dónde? No lo sabían.

Las prendas habían descubierto que la muñeca tenía un altavoz en la barriga y que, cada vez que alguien hablaba cerca de ella, decía algo. Por ahora había pronunciado solamente tres frases: «tengo pis», «tengo sed» y «mi mamá me ama». ¿Qué más podría decir? ¿Y si los metía en más líos con eso de hablar? Y, lo más importante de todo, ¿cómo se escaparían de esa abuela miope antes de que se diera cuenta de que no llevaba de la mano a una niña, sino a una muñeca?

–Creo que lo mejor que podemos hacer es buscar a un policía y decirle que te has perdido. ¿Qué te parece, bonita?

–Quiero mucho a mi abuelita –respondió la muñeca.

–¡Uy, qué ricura de niña, tan pequeñita y ya queriendo tanto!

—Mi color favorito es el rojo –continuó la muñeca–. Y tengo una cestita para ir a casa de mi abuelita.

—Ya, claro, claro –dijo la anciana.

Anduvieron un buen rato. En la calle cada vez había más gente y más de uno se quedaba mirando a aquella anciana que caminaba junto a una muñeca. En el camino se cruzaron con varias personas que conocían a la anciana.

—¿Qué, Emilia, paseando? –le preguntó un señor mayor con garrote.

—Ya ves, que me he encontrado a esta niña en la calle y vamos a ver si damos con sus padres.

—El lobo es malo. Los lobos me dan miedo –dijo ahora la muñeca.

—Yo creo que es de pueblo –comentó Emilia al anciano–, porque, por aquí, esta criatura lobos no ha podido ver, ¿verdad?

—No, que yo sepa. Pero a la juventud de hoy en día no hay quien la comprenda –contestó el anciano, y siguió caminando con su garrote.

Llegaron a una plaza donde dos policías con bigote paseaban. Emilia se acercó a ellos.

—Señoritas policías, me he encontrado a esta niñita en la calle, sola. Creo que tendríamos que buscar a sus padres.

Los dos policías se miraron desconcertados. Hacía mucho tiempo que nadie los llamaba jóvenes. Y nadie los había llamado nunca señoritas, ni les habían pedido que buscaran a los padres de una muñeca.

–Emilia, somos nosotros, Pelayo y Ruiz. ¿Es que no te has limpiado los cristales de las gafas esta mañana? –preguntó uno de ellos.

–Para lo que hay que ver, no necesito que estén limpios –respondió ella.

–¿Para qué tienes esas orejas tan grandes? –preguntó la muñeca.

–Pues sí es cierto que son grandes, sí –dijo Emilia mirando fijamente a uno de los policías–. Se te ven todas las orejas, y eso que la gorra es enorme. ¿Sabes lo que tendrías que hacer? Dejarte el pelo largo para que no se te vean tanto.

El policía con las orejas menos grandes comenzó a reírse y al otro no le hizo mucha gracia.

–Emilia, no estamos para tonterías –dijo el policía orejón–. Si no encuentras a su dueño, déjala en alguna guardería.

Y se fueron, uno riéndose y el otro algo enfadado. A Emilia no le sentó bien que la policía no la ayudara.

–Se está perdiendo la educación. Si la policía no te ayuda en esto, ¿quién te va a socorrer?

–Tengo caca.

–Y encima, eso. ¿Mucha? Intenta aguantarte un poco para ver si llegamos a algún sitio con baño, ¿vale, bonita?

Y continuaron caminando de la mano.

Tol y las demás prendas observaban con preocupación el giro que iban tomando los acontecimientos. No podían continuar de la mano de la abuela, alejándose cada vez más de su objetivo.

–¿Alguien sabía que esta muñeca habla? –preguntó Hierba.

–Yo había oído que Eva la llamaba Caperucita, pero de lo de hablar, no tenía ni idea –respondió Moco, el gorro.

–¿Qué hacemos? –preguntó Alberta, la camisa.

–Mi agarrado fuerte tiéneme –añadió Rinri, que iba de manopla en la mano de la muñeca.

–No sé, mientras no nos suelte, no hay nada que hacer –opinó Tol.

–Pero si no nos escapamos, nos vamos a alejar mucho de nuestro destino. Y si la muñeca sigue hablando, nos va a meter en más problemas y a saber dónde terminamos –dijo Hierba.

–Ya. Habrá que intentar algo. Pero, ¿qué? –preguntó Tol.

–¿Por qué no tiras al suelo algunas de tus monedas? Quizá se entretenga cogiéndolas y podremos escapar. Es una abuelilla, camina despacio. Con un poco de suerte no podrá alcanzarnos –propusieron Nelos, los pantalones.

–Si tiro más monedas, no podré hacer contrapeso y después va a ser muy difícil hacer girar a la muñeca –dijo Tol.

–Pues no se me ocurre otra cosa –señaló Alberta.

–Bueno, está bien. Tiraré unas monedas, a ver si se distrae y podemos escapar.

Tol se aflojó de nuevo el nudo que se había hecho en la boca y dejó que cayeran al suelo tres o cuatro monedas, que tintinearon. Emilia las vio rodar.

–Si lo que yo digo, preciosa, la gente va tirando el dinero por la calle. De no ser por el lumbago, cogería esas monedas.

Y siguió su camino, como si el dinero no le importara. Tol pensó que el plan de fuga había fracasado por completo cuando otra abuelilla gritó a Emilia:

–¡Emilia, que se te van cayendo los dineros!

Emilia se detuvo y se volvió. Las prendas detuvieron a la muñeca. Allí había otra anciana.

–¿Esas monedas? No, no son mías –dijo Emilia.

–¿Cómo no van a ser tuyas, si iba yo andando detrás de ti y he visto perfectamente cómo caían?

–Estás muy mayor, Adela –dijo Emilia–. Deberías irte al otorrino.

–Será al oculista –corrigió Adela.

–Sí, a ese también.

–¡Encima de que te aviso de que vas perdiendo el dinero! Y que sepas, Emilia, que soy cuatro años más joven que tú.

–¿Tú? Venga, si cuando yo nací, tú ya ibas al baile con mi madre.

–¿Cómo iba a ir al baile con tu madre si a mí nunca me gustó bailar?

Y mientras Emilia discutía con su amiga, soltó la mano de la muñeca.

–¡Ahora, motores en marcha! ¡Huyamos! –ordenó Tol–. ¡Velocidad 1 para ser discretos!

Cuando se habían alejado unos metros, Tol pidió la segunda velocidad.

Mientras, Emilia y Adela seguían discutiendo. Y diez minutos después, aún lo hacían. Pero, de pronto, Adela se dio cuenta de que alguien faltaba.

–Oye, ¿tú no llevabas de la mano a una niñita? –preguntó Adela a su amiga.

–No, no era una niñita. Era una muñeca, pero la pobre creía que era una niñita y yo, por no darle un disgusto, no he querido decirle la verdad.

–Bien hecho. Pobrecilla, enterarse de esas cosas no debe de ser muy agradable.

¡Ay, la crisis energética!

Las prendas se aproximaban a su destino. Ya se veía a mucha gente por la calle, así que decidieron meterse en un parque y avanzar por él, pues parecía menos peligroso.

Caminaban muy pegadas a un seto cuando Tol habló:

–¿Qué pasa? ¿Por qué habéis puesto la primera velocidad? Tenemos que movernos rápidamente antes de que todo se llene de gente.

–Yo no he puesto primera velocidad. Vamos en tercera –aclaró Hierba.

–Pues avanzamos cada vez más despacio –repuso Tol.

–¡Ahhh! ¡Las pilas! ¡Las pilas se están agotando! –gritaron nerviosos los zapatitos.

–Tranquilos, tranquilos, llevamos pilas de repuesto en la mochila. Solo hay que conseguir ponérselas a la muñeca.

–¡Upss! –se oyó a la mochila.

–¿Upss? ¿Qué quiere decir *upss?* –preguntó alarmado Tol.

–Pues que, a día de hoy, diez y veinte de la mañana, certifico que hay una apertura en la cremallera y que, una vez inventariado el contenido, las pilas no se hallan entre los elementos transportados, por lo que debieron de precipitarse al exterior en algún momento del viaje.

–¿Cómo? –preguntó Moco, que no había comprendido nada de lo que había dicho Asus.

–Que las pilas se han caído –resumió la mochila.

–¡Alto! –gritó Tol–. ¡Detened la muñeca!

Y la pararon. Un silencio espeso, profundo, se hizo entre ellos. Todos sabían que aquello era el final de su aventura, pero nadie quería decirlo en voz alta. ¿Cómo iban a avanzar el kilómetro y medio que les faltaba si no contaban con pilas de repuesto y las que llevaban apenas tenían energía? Nadie decía nada; lo más que se oía era algún suspiro.

Cerca de ellos oyeron las risas de unos niños que jugaban en un parque infantil con sus madres, ajenos al drama que vivían.

—¡Estamos perdidos! ¡Estamos perdidos! ¡Nunca volveremos a casa! –se lamentaban los zapatitos.

—¡Callaos, quejicas! ¡Nunca podremos decir que todo está perdido mientras podamos decir que todo está perdido! –señaló Alberta.

—¡Shsss! ¡Silencio, discutiendo no se arregla nada! –dijo Tol.

—¡Peligro! ¡Peligro! ¡Un niño se acerca por babor! –avisó la mochila.

—¡Motor en marcha; hay que esconderse tras ese árbol antes de que nos vea! –dijo Tol.

Lentamente, ocultaron la muñeca tras un árbol. Al momento, pasó junto a ellos un niño subido en un patinete eléctrico que se movía a gran velocidad.

—¡Rodrigo, vuelve ahora mismo aquí! –le gritó su madre desde el parque infantil.

Y el niño frenó un poco, giró y regresó. Todas las prendas se miraron entre ellas.

—¿Estáis pensando lo mismo que pienso yo? –interrogó Tol.

—Sí –respondió Rinri–. A mí no gustarme el nombre de Rodrigo para un niño. No, no, no...

—¡No, eso no! Si pudiéramos coger prestado ese patinete al niño... No se me ocurre otra salida.

—Sí, es el único plan planeable –dijo la mochila–. ¿Vamos?

Y fueron.

Ocultándose entre los setos, se acercaron hacia el parque infantil. Los niños se lanzaban por el tobogán mientras las madres hablaban unos metros más allá. Y junto a la cerca de colores que delimitaba la zona de juegos estaba aparcado el patinete eléctrico.

–Es el modelo X7 de la marca Cicloved, casi igual al que tiene Bruno. Velocidad máxima, quince kilómetros por hora. Autonomía, dos horas –apuntó Asus, la mochila.

–De sobra para llegar hasta el almacén donde debe de estar Flix –dijo Tol.

–¿Procedemos con la operación? –preguntó Asus.

–Procedamos –dijo Tol.

Y, aprovechando que los niños se entretenían en un columpio mientras sus madres los empujaban, se acercaron al patinete y se subieron a él.

–La mano, hay que hacer que la mano derecha coja el acelerador –dijo Nelos.

–Y agarrar de alguna forma la muñeca para que no se caiga –añadió Tol.

Parafín y Parafún, los tirantes, subieron los brazos de la muñeca para que agarraran los puños del manillar y ellos mismos se ataron también a los puños para poder conducir el patinete.

–¿Estamos todos listos? –preguntó Tol.

–¡Sí! –fue la respuesta.

En ese momento, uno de los niños, aburrido del columpio, se acercó al patinete.

–¡Rodrigo! ¡Ven, ven! ¡Mira lo que hay aquí! –gritó el niño a su amigo.

–Abuelita, qué boca tan grande tienes –se oyó a la muñeca.

El niño se quedó mirando sorprendido hacia su patinete, en el que se había subido una muñeca que hablaba.

Y en ese momento, Tol gritó:

–¡Aceleración a tope!

Parafún tiró del acelerador y el patinete arrancó a toda velocidad, dejando al niño boquiabierto. Pero, en lugar de alejarse del parque infantil, iban derechos hacia el columpio en el que los niños jugaban.

–¡Girad! ¡Girad! –pedía Tol a los tirantes.

Las madres y los niños, con la boca abierta, repararon en ese patinete que parecía moverse solo y avanzaba directo hacia la valla del parque infantil. El choque parecía seguro.

–¡Girad! ¡Girad! ¿Por qué no giráis? –gritaba desesperado Tol.

Y los tirantes no giraban, porque cada uno tiraba hacia un lado distinto, por lo que seguían yendo rectos.

–¡A la izquierda! –ordenó Parafín a Parafún–. ¡Tira a la izquierda!

Y cuando el choque parecía inevitable, los dos tirantes se pusieron de acuerdo, giraron en la misma dirección, el patinete tomó una curva muy cerrada y consiguió evitar lo que parecía inevitable. Y tras girar ciento ochenta grados, salieron del parque infantil ante la mirada atónita de los niños y sus madres.

–¡Viva! –gritaron los cordones–. ¡Lo hemos conseguido!

Todos comenzaron a felicitarse entre ellos, hasta que vieron que por la calle principal del parque por la que huían había un vado de los que se ponen para que los vehículos no vayan demasiado deprisa.

–¡Asus! ¿Cómo se frena esto? –preguntó Tol.

–Pues... a ver. Estamos hablando del modelo X7, que tal vez debe llevar el freno en...

Y mientras Asus, la mochila, reflexionaba sobre cómo podría frenar el patinete, este pasó por encima del vado y se elevó en el aire, como si hubiera pasado por una rampa.

–¡Volamos! –exclamó Alberta–. Yo nunca había volado tan alto.

–¡Caemos! –dijo dos segundos después Alberta–. Yo nunca había caído desde tan alto.

–¡Agarraos bien! –gritó Tol.

Y así lo hicieron, preparados para aguantar el impacto. Primero cayó la rueda de atrás del patinete, y durante unos metros avanzaron solo sobre ella, como una moto encabritada a punto de irse al suelo. Parecía que la muñeca iba a caerse, pero, por suerte, estaba atada al manillar por los tirantes y aguantó. Por fin, la rueda delantera tomó tierra y las prendas respiraron con alivio. La situación parecía controlada.

Avanzaron por el paseo principal del parque hasta abandonarlo y tomaron una calle por la que circulaban coches. Durante toda esa mañana sobre la muñeca, Tol había conseguido gran destreza. Al echar el peso hacia uno y otro lado, y con la ayuda de los tirantes, dirigía el patinete eléctrico sin problemas. A su paso iban dejando miradas de asombro e incredulidad entre la gente que los veía. Más de un niño corrió tras ellos intentando hacerse con ese patinete mágico, pero apenas conseguían acercarse. Uno que iba sobre una bicicleta los siguió durante un buen rato, pero Estíbaliz, en una misión muy arriesgada, se lanzó y le pinchó una rueda.

Pronto se acercaron a su destino, el taller de lavadoras. Habían ahorrado energía de las pilas sobre el patinete, pero ¿les quedaría la suficiente para entrar allí, encontrar a Flix y regresar a la casa?

Y ahora, ¿qué?

Por fin llegaron a la puerta del taller. Era un edificio pequeño de una planta con un gran patio vallado a su alrededor. Detuvieron el patinete y lo aparcaron en un hueco entre dos contenedores de basura, creyendo que ahí no sería fácil verlo. En el patio se amontonaban electrodomésticos viejos: frigoríficos, lavadoras, televisiones de las gordas, desterradas de las casas por las nuevas pantallas planas. Tol miraba todos aquellos trastos esperanzado. Ojalá estuviera allí la lavadora en la que se habían llevado a su hermano.

–¿Cuál es el plan? Si es que tenemos plan –preguntó Hierba.

No, no lo tenían. Hasta ahora habían dicho: llegamos allí y nos traemos a Flix. Y sí, habían llegado hasta allí, pero lo de rescatar a Flix no parecía tan fácil.

En la valla había una puerta, pero estaba cerrada. Y aunque estuviera abierta, todavía les quedaría franquear la puerta del edificio. Esperaron allí, debatiendo qué hacer. ¿Intentaban empujar la primera puerta subidos en el patinete para ahorrar energía? Muy complicado y poco discreto. ¿Y si andaban pegados a la valla buscando un agujero por el que colarse? Tampoco; eso supondría un gasto de pilas que no podían permitirse. Entonces, ¿qué hacer? En esas estaban cuando la puerta del taller se abrió y dos hombres salieron, primero al patio y después, tras abrir la puerta de la valla, a la calle, llevando un frigorífico viejo sobre una carretilla. Los hombres llegaron ante una furgoneta en la que se leía «Taller Martínez» y se dispusieron a subir en ella el frigorífico. ¡Las puertas del patio y del taller estaban abiertas para ellos!

–¡Ahora o nunca! –dijo Tol.

Y se pusieron en marcha a toda velocidad. Ahora, a toda velocidad era más bien lentamente, pero no podían hacer otra cosa. Al menos, avanzaban; pronto llegaron junto a la puerta del patio. No sabían qué podría haber al otro lado, pero si perdían tiempo, los hombres que estaban cargando el frigorífico en la furgoneta regresarían. Así que decidieron arriesgarse y entraron en el patio. El suelo estaba lleno de herramientas, de electrodomésticos a medio desmontar, de cables... Avanzaron esquivando todos los obstáculos a la busca de la vieja lavadora en la que se había quedado atrapado Flix. Vieron el tambor de una lavadora desmontada. Se asomaron, pero dentro no estaba Flix.

—¿Y si intentamos entrar en el taller? La puerta está allí –dijo Asus.

Y hacia la puerta de la valla se encaminaron, cada vez más despacio porque las pilas se agotaban. Entraron. Ante ellos, había montones y montones de electrodomésticos viejos, sin ningún tipo de orden.

—¡Flix! –gritó Tol.

—Grita –dijo Rinri, que estaba medio sordo por haber pasado toda su vida haciendo de funda de un móvil.

—Si ya he gritado –dijo Tol.

—Si dentro sigue lavadora, sigue, difícil te va a oír, yo digo –le indicó Rinri.

—Pues tendremos que buscar por aquí hasta que veamos nuestra lavadora –dijo Tol.

—Esto es muy grande –señalaron los zapatitos–. Tenemos las suelas que no las sentimos...

—A ver, por lo que estoy viendo, los cacharros que están cerca de la puerta parecen menos viejos, así que serán los que han traído hace poco. Esa lavadora no puede andar muy lejos –explicó Moco, el gorro.

–Las lavadoras no andan, que yo sepa –aclaró uno de los zapatitos.

–¡Es una forma de hablar! –le dijo Moco enfadado.

Y comenzaron a discutir de nuevo. Tras calmarlos, inspeccionaron la zona más cercana a la puerta. Y sí, Moco tenía razón. ¿Cómo no la habían visto? ¡Allí estaba, apenas a cuatro metros de la puerta, con las pegatinas que le puso un día la hermana de Bruno!

–¡Vamos! ¡Vamos! –gritó nervioso Tol–. ¡Flix! ¡Flix!

Caminaron muy despacio hasta llegar frente a la lavadora. La claraboya estaba empañada por la humedad y no se veía lo que había dentro.

–Seguro que está dentro y se ha dormido. Por eso no nos habrá oído –dijo Tol.

–Sí, puede ser. Vamos a gritar todos a la vez –dijo Hierba.

Y así lo hicieron, pero sin ningún resultado. Flix seguía sin contestar.

Últimamente Tol lo arreglaba todo pidiendo «a toda velocidad», así que volvió a hacerlo.

–¡A toda velocidad hacia la lavadora! –gritó.

–¿Hacia la lavadora? Pero, ¿qué quieres? ¿Que choquemos contra ella?

–Sí, a ver si, con el ruido, mi hermano se da cuenta de que estamos aquí.

–¿Y si nos caemos al chocar? –preguntaron los zapatitos.

–Teniendo en cuenta lo lentamente que nos movemos ahora cuando digo a toda velocidad, no lo creo.

Y se pusieron en marcha hacia un choque seguro. Pero iban tan despacio, que el choque fue muy leve. Eso sí, algo de ruido hicieron, el suficiente para que dentro de la lavadora alguien se pusiera a limpiar el plástico empañado.

–¿Es que no puede uno echarse una cabezadita tranquilo? –preguntó Flix.

–¡Flix! ¡Flix! ¡Estás ahí! ¡Estás ahí! –gritó loco de contento su hermano.

–Pues sí, ya sabes que me gusta estar aquí... ¡Uff! He tenido una pesadilla terrible. Soñé que estaba dentro de la lavadora, cuando se rompió y apareció un mecánico...

Y, mientras hablaba, Flix continuaba desempañando el plástico para poder ver lo que había fuera.

–Entonces –continuó Flix– el mecánico dijo que mejor se llevaba la lavadora porque no tenía arreglo, pero la llevaban a un taller, la arreglaban y... ¿Qué pasa ahí fuera? ¿Qué hacéis vistiendo a esa muñeca? Y... esto... esto no es nuestra casa –dijo Flix muy asombrado.

–Tu pesadilla no era una pesadilla –le aclaró Tol.

–¿Cómo? No, no puede ser –dijo Flix sin terminar de creérselo.

–Sí que lo es, Flix. Si no estuvieras siempre escondiéndote dentro de la lavadora, no habría pasado todo lo que ha pasado.

–Entonces... vosotros... ¿Cómo habéis llegado hasta aquí?

–Eso es una larga historia. Ahora lo que importa es cómo sacarte de ahí y regresar.

Pero ninguna de esas dos cosas parecía fácil. Desde la muñeca era imposible abrir la puerta de la lavadora, porque no alcanzaban. Y, aunque llegaran, no tenían fuerza suficiente para abrirla. Además, regresar sin apenas energía en las pilas tampoco sería sencillo, aunque el patinete seguía en la calle, o eso creían.

–¡Humanos! ¡Vienen humanos! –avisó una vez más la mochila.

Los dos hombres con monos azules que habían cargado el frigorífico se acercaban, acompañados por una mujer y una niña.

–¡A toda velocidad! –ordenó Tol.

Hierba y Alberta pusieron en marcha la muñeca. Pero esta dio un paso y se detuvo. Las pilas estaban agotadas, no podían escapar de allí y los humanos ya estaban a su lado.

–Tenemos varias lavadoras por menos de cien euros. Mire, esta misma la hemos reparado hoy. Tiene sus años, pero le hemos dejado el motor como nuevo –explicaba uno de los hombres a la mujer.

Los humanos se acercaron a la lavadora y las prendas no pudieron hacer otra cosa que quedarse quietas y esperar. La niña, al ver la muñeca, se soltó de la mano de su madre y corrió hacia ella.

–¡Una muñeca! ¡Una muñeca, mamá! –gritó contenta.

–Isabel, déjala, que debe de ser de este señor –dijo la madre.

El hombre del mono azul estaba desconcertado. No había visto esa muñeca en su vida.

–No, mía le aseguro que no es –dijo, como queriendo que no pensaran que era el típico mecánico que se entretiene jugando con muñecas.

–Entonces, ¿me la puedo quedar? –preguntó la niña.

–¿Eh? Sí, claro, sí, quédatela –dijo el hombre–. No sé cómo ha llegado hasta aquí. ¿Qué, se lleva la lavadora? Mire, ochenta euros para usted.

–¡Ufff! Eso es mucho. ¿No me la puede dejar en sesenta? –pidió la mujer.

–Mire, ni para mí ni para usted. Setenta euros con el transporte incluido –dijo el mecánico.

–Si no es ni para usted ni para mi mamá, ¿quién se queda la lavadora? –preguntó la niña.

–Es una forma de hablar, Isabel. Está bien, me la quedo –dijo la madre.

Tras cerrar el trato, los mecánicos se metieron en la oficina y la niña se fue con su nueva muñeca en los brazos. Las prendas estaban inquietas; aunque no podían hablar muy alto, sí se decían cosas:

–¡A la casa de unos pobres que ni pueden comprar una lavadora nueva! ¡Ahí vamos! –gritaba histérico uno de los zapatitos.

–¡Todo por culpa tuya y de tu hermano! –aullaba el otro.

–Toda misión tiene sus riesgos –sentenciaba más tranquila Asus, la mochila.

–Tranquilos, tranquilos. Cuando lleguemos a esa casa, ya buscaremos la forma de poner pilas a la muñeca y huir. Además, Flix estará allí con nosotros.

–¿Y es algo bueno que Flix esté con nosotros? –preguntó uno de los zapatitos.

–¿Tranquilos? ¿Cómo vamos a estar tranquilos? Si no sabemos ni dónde vamos. ¿Y si está muy lejos de casa? ¿Eh? Nunca podremos volver...

Y así, mientras Flix intentaba calmar a los zapatitos, la mujer y la niña se subieron a un autobús. Ninguna de las prendas había subido nunca en un autobús, solo habían montado en coches; desde allí arriba contemplaron en silencio la gran ciudad por la que se habían aventurado. Mientras tanto, la niña examinaba a la muñeca.

−¡Mira, mamá! ¡Lleva pilas! Pero deben de estar gastadas. ¿Qué hará cuando le pongamos pilas nuevas?

−No sé, Isabel. Ya lo veremos cuando lleguemos a casa.

−¿Falta mucho, mamá?

−Acabamos de subirnos en el autobús.

−Sí, eso ya lo sé, mamá. Lo que no sé es si falta mucho...

Una nueva casa

Así continuaron su viaje hasta llegar a la casa. No era una gran casa y no tenía su patio con césped, como la de los padres de Bruno. Era un piso pequeño al que se subía en un estrecho ascensor. Estaba limpio y ordenado, pero eso no consolaba a algunas de las prendas.

–Seguro que nos cogerán para vestir a un niño pobre –dijeron los zapatitos.

–Mamá –dijo la niña sorprendida–. ¡La bufanda es un calcetín! ¡Y lleva monedas dentro!

–¡Qué raro! –dijo la madre.

Poco después llegaron los hombres del taller con la lavadora que habían comprado. Y la madre encontró a Flix dentro del tambor.

–¡Mamá, si es igual que el calcetín que lleva la muñeca en el cuello!

—Pues sí... A lo mejor alguna niña guardó la muñeca dentro de la lavadora y así llegó al taller. Mira, los lavamos y ya tienes un par de calcetines nuevos. Son bonitos, ¿no?

—Sí, mucho...

—Y también vamos a lavar la ropita de la muñeca, que está un poco sucia.

De este modo llegaron todas las prendas a la misma lavadora en la que tantas veces las habían lavado. Allí dentro los esperaba Flix.

—¡Tol! —exclamó Flix.

—¡Flix! —gritó Tol.

Y se abrazaron; todas las prendas se emocionaron, porque habían luchado mucho para ver ese encuentro.

—¿Has... has hecho todo esto por mí? —preguntó Flix emocionado cuando supo lo que les había pasado a las prendas.

—Pues claro. Yo no soy nadie sin ti, sin mi hermano calcetín. Y sin todos ellos, que me han ayudado tanto.

Flix se quedó mirando a todas las prendas.

—Yo... yo no os conozco, pero gracias. Muchas gracias —dijo emocionado Flix.

—Son ropita de bebé. Pero se han comportado como valientes.

Y la lavadora comenzó a centrifugar y todos, todos, se abrazaron entre burbujas de colores y mucha espuma.

Después los tendieron en un tendedero que les dio mucho miedo, porque estaba a cinco pisos de altura. A nadie se le ocurrió preguntar nada a las pinzas, que, además, eran muy miedosas, porque todas tenían familiares que habían caído al gran abismo y nunca habían vuelto.

—Cuando nos sequemos y nos descuelguen, hemos de organizar una reunión y preparar el plan de fuga —dijo la mochila.

—Sí, tenemos que volver a casa —anunció Flix.

—Esperemos que pongan pilas a la muñeca cuanto antes —dijo Tol.

Isabel, la niña, se asomaba cada dos por tres y los tocaba para ver si se habían secado. Aún estaban algo húmedos cuando ella no aguantó más, los cogió a todos y vistió de nuevo a la muñeca.

—¿Sabes, mamá? Esta ropa parece cada una de un sitio, pero me gusta mucho cómo le queda a mi muñeca.

Sí, a la madre también le gustaba. Era una ropa alegre y estaba muy bien cosida.

—¿Puedo ponerme ya los calcetines? —preguntó la niña.

La madre dijo que sí. La niña se los puso y comenzó a dar saltos y piruetas, descalza por toda la casa. Hasta Flix, al que tanto le gustaban los centrifugados de la lavadora, estaba un poco mareado. Pero todos se divirtieron mucho. Después, la niña bailó un rato, se puso a jugar con la muñeca y se la presentó a sus otros juguetes, que no eran muchos. Y con las monedas que iban dentro de Tol, consiguió que su madre le comprara unas pilas; así, la muñeca volvió a andar y a preguntar a todo el mundo por qué tenía la boca tan grande.

Al llegar la noche, la madre puso el pijama a Isabel y guardó a Flix y Tol en un cajón. Más tarde, cuando todos se habían acostado en la casa, los calcetines se reunieron con el resto de las prendas.

–Bien, ¿qué hacemos? –preguntó Asus, la mochila.

–Nos vamos, ¿no? –preguntaron los zapatitos–. Esta gente es pobre.

–Bueno, yo ... –comenzó Hierba, la chaqueta.

–¿Tú, qué? –preguntó Asus.

–Pues que somos ropa de bebé. Si regresamos, volveremos al armario donde nos hemos pasado años. Y aquí, vistiendo a la muñeca, podremos estar fuera. Y la niña nos sacará a pasear en su carrito. Y a jugar.

–En su cajón tiene pocos calcetines. Muchos menos que Bruno. Seguro que nos usa mucho más y no tendremos que pasarnos días y días encerrados sin luz –añadió Flix.

–Si la misión es quedarse aquí, me parece buena misión –dijo la mochila–. Creo que podremos completarla con éxito.

–¿Aquí? –preguntaron asustados los zapatitos.

–A ver, zapatitos... ¿Cuánto jugaba con la muñeca Eva? Si casi siempre está con la videoconsola y con esas muñecas nuevas de la cabeza gorda.

–Ya... Eso es cierto –reconocieron los zapatitos.

–Mucho cierto, mucho cierto –dijo Rinri, que no quería volver a su antigua vida de funda de móvil, aunque ahora hacía de funda del móvil de la niña, pero era un móvil de broma, no sonaba nunca y llevaba dentro pequeñas chuches que olían muy bien.

–¿Tú qué dices, Tol? –preguntó su hermano–. Tú nos has traído hasta aquí.

–Pues yo..., yo quiero estar junto a vosotros. Y si vosotros queréis que nos quedemos, nos quedamos. Aquí todos seremos útiles y haremos más cosas. Yo también quiero quedarme.

Y así fue cómo las prendas decidieron quedarse en aquella casa en la que podrían jugar y ver la luz del sol todos los días, aquella casa en la que, por fin, hasta el más insignificante de ellos se sentiría útil y querido.

Índice

Dos hermanos muy peculiares 7
Un nuevo hogar 11
El día en que Flix desapareció 17
Un calcetín sin esperanza 23
El plan de Tol 33
Vistiendo a la muñeca 43
Un paseo por el costurero 55
¡Hacia el mundo exterior! 59
Salir o no salir 63
Las primeras aventuras 67
¡Perseguidos! 73
Una inesperada salvadora 79
¡Ay, la crisis energética! 91
Y ahora, ¿qué? 99
Una nueva casa 109

Félix Jiménez Velando

Nací en Fuente Álamo, Albacete y soy licenciado en Publicidad, carrera que ejercí alrededor de cuatro semanas.

Escribo desde que era un crío. Por entonces quería escribir una frase que me permitiera ganar el Premio Nobel, pero como no se me ocurría ninguna, comencé a hacer otras cosas. Dirigí una revista de información local en mi pueblo, fui corresponsal de periódicos provinciales en la época de la Universidad, colaboré en fanzines, escribí cuentos con los que gané o fui finalista de algún concurso literario modesto, y otros con cierto nombre, como el Fungible de Alcobendas o el Jara Carrillo, el año pasado, de cuentos de humor.

Me reconvertí en guionista con un máster de guión en la Universidad Autónoma de Barcelona, y desde 1999 trabajo como tal. He escrito para muchas series y algún programa entre los que están: *7 vidas*, *Las noticias del guiñol*, *Motivos personales* o *Física o Química*. Hace dos años ganamos el Premio Ondas con esta última serie.

Marc Torrent

(Barcelona, 1977) Ilustrador de profesión, trabaja en diversos campos de la edición de cuentos y la publicidad, el cómic y la animación, el diseño y el arte, la música y la gastronomía, la danza y el fútbol.

Bambú Jóvenes lectores

El hada Roberta
Carmen Gil Martínez

Dragón busca princesa
Purificación Menaya

El regalo del río
Jesús Ballaz

La camiseta de Óscar
César Fernández García

El viaje de Doble-P
Fernando Lalana

El regreso de Doble-P
Fernando Lalana

La gran aventura
Jordi Sierra i Fabra

*Un megaterio en
el cementerio*
Fernando Lalana

S.O.S. Rata Rubinata
Estrella Ramón

Los gamopelúsidas
Aura Tazón

El pirata Mala Pata
Miriam Haas

Catalinasss
Marisa López Soria

*¡Ojo! ¡Vranek parece
totalmente inofensivo!*
Christine Nöstlinger

Sir Gadabout
Martyn Beardsley

*Sir Gadabout,
de mal en peor*
Martyn Beardsley

Alas de mariposa
Pilar Alberdi

Arlindo Yip
Daniel Nesquens

Calcetines
Félix J. Velando

*Las hermanas Coscorrón
El caso de la caca de
perro abandonada*
Anna Cabeza

Bambú Grandes lectores

*Bergil, el caballero perdido
de Berlindon*
J. Carreras Guixé

Los hombres de Muchaca
Mariela Rodríguez

El laboratorio secreto
Lluís Prats y Enric Roig

Fuga de Proteo 100-D-22
Milagros Oya

Más allá de las tres dunas
Susana Fernández Gabaldón

Las catorce momias de Bakrí
Susana Fernández Gabaldón

Semana Blanca
Natalia Freire

Fernando el Temerario
José Luis Velasco

Tom, piel de escarcha
Sally Prue

El secreto del doctor Givert
Agustí Alcoberro

La tribu
Anne-Laure Bondoux

Otoño azul
José Ramón Ayllón

El enigma del Cid
Mª José Luis

Almogávar sin querer
Fernando Lalana,
Luis A. Puente

Pequeñas historias del Globo
Àngel Burgas

*El misterio de la calle
de las Glicinas*
Núria Pradas

África en el corazón
M.ª Carmen de la Bandera

Sentir los colores
M.ª Carmen de la bandera

Mande a su hijo a Marte
Fernando Lalana

*La pequeña coral de la
señorita Collignon*
Lluís Prats

Luciérnagas en el desierto
Daniel SanMateo

Como un galgo
Roddy Doyle

Bambú Grandes viajes

*Heka
Un viaje mágico a Egipto*
Núria Pradas

*Raidho
Un viaje con los vikingos*
Núria Pradas

*Koknom
Una aventura en tierras
mayas*
Núria Pradas

Bambú Descubridores

*Bajo la arena de Egipto
El misterio de Tutankamón*
Philippe Nessmann

*En busca del río sagrado
Las fuentes del Nilo*
Philippe Nessmann

*Al límite de nuestras vidas
La conquista del polo*
Philippe Nessmann

*En la otra punta de la Tierra
La vuelta al mundo
de Magallanes*
Philippe Nessmann

*Al asalto del cielo
La leyenda de la Aeropostal*
Philippe Nessmann

Los que soñaban con la Luna
Misión Apolo
Philippe Nessmann

En tierra de indios
El descubrimiento
del Lejano Oeste
Philippe Nessmann

Shackleton
Expedición a la Antártida
Lluís Prats

Bering
En busca de América
Jordi Cortès

Descubridores científicos

Brahe y Kepler
El misterio de una
muerte inesperada
M. Pilar Gil

Bambú Vivencias

Penny, caída del cielo
Retrato de una familia
italoamericana
Jennifer L. Holm

Saboreando el cielo
Una infancia palestina
Ibtisam Barakat

Nieve en primavera
Crecer en la China de Mao
Moying Li

La Casa del Ángel
de la Guarda
Un refugio para niñas judías
Kathy Clark

Bambú Exit

Ana y la Sibila
Antonio Sánchez-Escalonilla

El libro azul
Lluís Prats

La canción de Shao Li
Marisol Ortiz de Zárate

La tuneladora
Fernando Lalana

El asunto Galindo
Fernando Lalana

El último muerto
Fernando Lalana

Amsterdam Solitaire
Fernando Lalana

Tigre, tigre
Lynne Reid Banks

Un día de trigo
Anna Cabeza

Cantan los gallos
Marisol Ortiz de Zárate

Ciudad de huérfanos
Avi

Bambú Exit récord

El gigante bajo la nieve
John Gordon

Los muchachos de
la calle Pál
Ferenc Molnár

El vendedor de dulces
R.K. Narayan

El amigo secreto de Barney
Clive King